U0585055

EX-LIBRIS

歌聲好像明媚的春光

王蒙著

田稼明圖

藏书票

远山 / 1996年 / 46 cm × 90 cm

# 歌声好像明媚的春光

精典名家小说文库　谢有顺　主编

王蒙

著

作家出版社

## 图书在版编目（CIP）数据

歌声好像明媚的春光 / 王蒙著 .-- 北京：作家出版社，2018.6

（精典名家小说文库）

ISBN 978-7-5212-0094-2

Ⅰ . ① 歌… Ⅱ . ① 王… Ⅲ . ① 中篇小说 – 中国 – 当代 Ⅳ . ① I247.5

中国版本图书馆 CIP 数据核字（2018）第 128922 号

---

### 歌声好像明媚的春光

作　　者：王　蒙

责任编辑：丁文梅

装帧设计：精典博维·肖　杰　马延利

责任印制：李卫东　李大庆

出版发行：作家出版社

社　　址：北京农展馆南里 10 号　　邮　　编：100125

电话传真：86-10-65930756（出版发行部）

　　　　　86-10-65004079（总编室）

　　　　　86-10-65015116（邮购部）

E-mail:zuojia@zuojia.net.cn

http://www.haozuojia.com（作家在线）

印　　刷：三河市兴博印务有限公司

成品尺寸：125×185

字　　数：57 千字

印　　张：4.625

版　　次：2018 年 10 月第 1 版

印　　次：2018 年 10 月第 1 次印刷

ISBN　978-7-5212-0094-2

定　　价：39.80 元

---

作家版图书，版权所有，侵权必究。

作家版图书，印装错误可随时退换。

# 目录

歌声好像明媚的春光

《喀秋莎》是我的少年，是我的早恋，是我的十二岁。解放前我就会唱这首歌了，我喜欢这个歌的歌词第一段的最后一句："歌声好像明媚的春光。"

　　有一个歌不曾怎么流行，它唱道：

　　我们大家，都是熔铁匠。
　　锻炼着幸福的钥匙，
　　让我们举起，高高地举起，
　　打呀打呀打……

　　它和"兄弟们向太阳向自由，向着那光明的路"和《华沙工人歌》一样，是我的少共青春，是我的加入地下党，是我的十四岁。

有一支歌叫作什么来着？它唱："联队最光荣，骑马越过草原，越过了森林还有山和谷，"它唱："联队最光荣，你呀你该骄矜，"最后归结为："我们的将军，就是伏罗希洛夫，从前的工人，今天做委员。"我唱着这个歌迎接了新中国的成立。

而抗美援朝的时候我们爱唱的苏联歌曲是："再见吧，妈妈，别难过莫悲伤，祝福我们一路平安吧。"此外应该提到《太阳落山》："太阳落在山的后面，在河滩上升起薄雾炊烟……"它是我的十六岁。

我还要特别提到那些歌唱斯大林的歌："阳光普照美丽的祖国原野""在高高的山上有雄鹰在飞翔""我们辽阔的大地日新月异，更充满了自由美丽……"这是我结结实实的大革其命的青年时代的证明，是我的共青团干部生涯的标志，是我政治上自以为优越于许多人的证明，唱这些歌的时候我周身温热，自以为是在拯救全世界，创造全世界。对了，那时我走向十八岁。

在我十九岁的时候国家宣布进入了"大规模有计划的经济建设时期"，我开始热衷于体味生活的美好，它的代表歌曲是诗剧《卓娅》的主题歌:《蓝色的星》。事后再想，这个歌过于软绵绵了。

二十一岁的时候我爱唱《小路》和几首从来没有听到过任何人演唱的歌。一个是《快乐的风》:"唱个歌儿给我听吧，快乐的风啊……"请想想，哪里还有这样美好的歌诗，连风都是快乐的。再一个歌是:"我的歌声飞过海洋，爱人呀别悲伤，国家派我们到海外，要掀起惊天风浪。"第二段是:"不怕狂风不怕巨浪……因为我们船上有个／年轻勇敢的船长。"

不是百无聊赖，不是花花草草，不是摇臀摆腰，哪个二十一岁的青年人唱过这样好的歌?

《纺织姑娘》是我的二十二岁，是我的爱情与人生交响乐的第一乐章，是我的生命的第一个大潮涨满。是我从金色的幻梦进入人生的开始。

与别人不同,《莫斯科近郊的傍晚》确实曾经给我带来傍晚的情绪。那时还有费奥多洛娃五姐妹的访华,她们的代表唱是《田野静悄悄》,还有《山楂树》。这些歌似乎都是表达黄昏情绪的。

到了六十年代,我的青年时代与苏联歌曲的流行一同结束。

包括苏联国歌,我也很喜欢,尽管在所谓《萧斯塔柯维奇回忆录》里它被嘲笑了一个溜够。歌中唱道:

俄罗斯联合各自由盟员共和国,

结成永远不可摧毁的联盟。

呵,我们的祖国,

呵,她的光荣永无疆,

各民族友爱的团结坚强……

我要为我所喜爱的苏联歌曲修建一座纪念牌——牌是谦虚，而并非碑的别字。

一

　　上个千年的最后几年，在我们这个城市的俄罗斯总领事馆附近，开了一家俄式西餐馆。对于它的烹调我不想多说什么，反正怎么吃也已经吃不出五十年代专门去北京新落成的苏联展览馆莫斯科餐厅吃两元五角的份饭（现在叫套餐）的那个香味来了。那时的苏联份饭最便宜的是一元五角，最贵的是五元。到了五元，就有红鱼子沙拉或蟹肉沙拉，有莫斯科红菜汤或乌克兰红菜汤，有基辅黄油鸡卷或者烤大马哈鱼，有果酱煎饼或者奶油花蛋糕或者水果沙拉，最后又有冰激凌又有咖啡了。而且冰激凌和咖啡都是放在银托镂花餐具里的。银子似灰似白，似明似暗，有一种自信和大家风度。服务员是戴着民族帽饰穿着连衣裙的俄罗斯姑娘，人人都长得丰满厚实，轮廓分明，让你觉得有了她们生活变得何等的充足结实！那时候管年轻女子叫"姑娘"，而现在都叫小姐，到了我国西北地区则至今还叫丫头。也许还应该啰唆几句，莫斯科餐厅的柱子上是六角形雪花与长长的松鼠尾巴的图案。我不知道为什么，一进这个厅，激动得就想哭一场。其实进这个厅也不是那么容易的，几乎每一顿饭都是供不应求，要先领号，然后在餐厅前面的铺着豪华的地毯摆着十七世纪式样的大硬背紫天鹅绒沙发的候吃室里等候叫号。甚至坐在那里等叫号也觉得荣幸享受如同上了天，除了名称与莫斯科融为一体的这家餐厅，除了做伟大的苏联饮食的这家餐厅，哪儿还有这么高级的候吃的地方！而等坐下来接受俄罗斯小姐——不，一定要说是俄罗斯姑娘的服务的时候，我只觉得我是世界上最幸福的人，我只觉得革命烈士的鲜血没有白流，我只觉得人间天堂已经归属于我这一代人了。

而到了二十世纪末才在这个沿江城市开业的所谓俄式西餐馆却使我始终感到疑惑。无可奈何花落去，似曾相识燕归来。它是一所不算太大的房子，原来是山货店，又名日用杂品店，简称"日杂"店。很多坏小子包括喜爱读陕西作家作品的读者对"日杂"这个简称想入低级下流。它现在在房顶上挂了好几块粗帆布，像是船帆横悬头上。门里又分了几个区域，往里搭得略高，分成三处，像是剧场里的包厢，桌子都是长方形的，适合六个人以上的聚餐或是宴请。厅堂本身是几个大小不一的散桌，莫名其妙地弄了几个木头墩子，横着锯开磨光，也算是桌台。这些桌台围着一个表演区，一圈红红绿绿闪闪烁烁的灯光和两个小小的聚光灯。表演区前一块不大的空地算是舞池，偶尔有一两对男女在这里随歌随乐起舞。再往右拐，又搭高了，然而不是包厢，而是高处的几个方桌。进门处最洼，我称之为门池，我是受乐池的启发而给它命名的。幽暗的灯光下，若不是墙上挂着几张画着白桦树和伏尔加河的镶在镜框里的油画，我根本想不到这是一个俄式餐馆。

它的红菜汤稀薄寡淡，它的中亚细亚串烤羊肉胡烟辣臭——还不如新疆烤的，它的伏特加带有一种男人不能容忍之轻，它甜不唧唧的，它的奶油杂拌黏黏糊糊。然而餐厅的小姐告诉我，他们的大厨是地道的俄罗斯外籍劳工。它的格瓦斯还能唤起一点五十年代中苏友好的记忆，有酵母味，有蜂蜜味，有面包味，更有嘿啦啦啦啦嘿啦啦啦的味儿。

那时候是这样唱的：

嘿啦啦啦啦嘿啦啦啦，

嘿啦啦啦啦嘿啦啦啦，

天空出彩霞呀，

地上开红花呀。

中苏人民力量大，

打败了美国兵啊。

中苏人民团结紧，

把帝国主义连根拔

（那个）连根拔！

　　说到这里我有一点疑惑，也许歌词是"中朝人民力量大"，当时朝鲜半岛正在浴血奋战。但是这首歌同时歌颂了中苏友好，怎么歌颂的呢？

　　有一点是无疑的，这儿有一个来自俄国的小乐队，三个男的一个女的，演奏电子琴、电吉他、打击乐器，更主要的是女士的唱歌。她的歌曲分两部分，晚九点以前，她主要唱中国顾客熟悉的五十年代在中国流行过的俄国歌曲：每晚必有《喀秋莎》，必有《红莓花儿开》，必有《山楂树》，有时候还有《海港之夜》（不是苏小明唱红过的《军港之夜》）和《灯光》。《灯光》原来流行的版本似乎应该是格拉祖诺夫演唱的，描写苏联卫国战争期间一位红军战士出发上前线前夕，从窗口看到自己心爱的姑娘房间里的灯光。我说那叫响亮的深情，他唱得几乎与帕瓦罗蒂一样响亮，当然，他的声音比帕瓦罗蒂单薄，但又比帕瓦罗蒂更委婉、多情、梦魂萦绕、忧郁甚至哀伤。我的印象是俄罗斯的男高音比意大利的要柔软些，我相信俄罗斯的历程里虽然有许多粗犷，乃至有一种残酷，但本质上他们绝对是温情和浪漫的。

餐厅里的演唱到十点三十分会有一个休息，过去我只说是"休息"，现在我特别愿意用英语 break，就是说那是一个中断，甚至于用洋泾浜译法，那是一个"弄伤""破坏""致残""损坏"。为什么休息里包含有这样负面的含意，我不知道。

在一个十几分钟的中断以后，女歌手换上了袒露肩背的黑色夜礼服，开始用一种绵绵连连的调子唱俄罗斯的摩登流行歌曲，前几年布加乔娃（Пугачёва）唱过的歌曲。从前布加乔夫（Пугачёв）是农民起义的领袖，普希金的《上尉的女儿》里描写过他，电影《斯维尔德洛夫》的插曲里也歌唱过他。后来，同名女子是苏维埃最后年代的一个走红女歌星。这是一种美丽的呻吟，幸福而又忧伤，亲近而又迷茫，让你感动却又让你躲避。不，你本来不是这样——或者应该是，呵，原来你是这样！

如果是新新的女男作家，他们会干脆形容这种新新式流行歌曲是一种发情的声音，是求偶，是叫春，是对于抚摸和进入的期待，是性这个伟大的廉价的无所不在之神明终于开始了中国当代文学艺术的崭新纪元的征兆。而我，宁愿把性扩展到万有，愿意从性到世界，愿意以对万有的描写来表达性的吸引性的魅力，而不是把万有理解为性，把万有缩入男男女女的内裤。我愿意将性变成诗而不是将诗变成性的器官操作；我宁愿形容这歌声是普度的春光，是赋予世间万物以生命的魅力、性别的魅力的和风细雨，是一层温柔和煦的光，照耀着与融化着人们的心。

闲言少叙，这个餐馆命名为"喀秋莎餐厅"，这个命名实在太好了，有这个命名它的生意肯定是蒸蒸日上。我每次去吃饭都首先是为了喀秋莎这个名字，为了这段歌曲和这歌曲代表的那个年代。

## 二

这便要说起我们的主题曲，不是主题也不是主旋律，而是主题歌曲——《纺织姑娘》。这有点复杂，有点败笔，说着说着《喀秋莎》忽然变成了《纺织姑娘》。有什么办法呢，我在这篇小说里面对汪洋大海一样的苏联歌曲已经无力处理和协调它们。在生活和历史的庞杂面前，讲究结构和可读性的文学常常无计可施。这里我说的《纺织姑娘》，并不是早先几年我如痴如狂地学会的苏联歌曲之一，早年间学的是《喀秋莎》，是《斯大林颂》，是《祖国进行曲》，是《你从前这样，现在还是这样》……《纺织姑娘》的歌曲正式介绍到中华人民共和国的土地上是在一九五六年冬天，那时斯大林早已去世，匈牙利事件与波兰事件刚刚发生，中苏友好已经盛极而衰，苏联在中国青年的心目中已经开始掉价，在一层层地蜕掉那耀眼的表皮。这时，在一期《歌曲》杂志上，发表了易唱易记的俄罗斯民歌《纺织姑娘》，中文译词是这样的：

在那矮小屋～里，

灯火闪～着光—，

年轻的纺织姑～娘，

坐～在窗～旁。

年轻的纺—织姑～娘，

坐—在窗～旁。

这里的符号"—"代表声音的拉长,"~"代表声音的"拐弯"。头一句"纺织姑娘"唱得那样亲切质朴深情,也许我要说它唱得谨慎而且忧愁,平和而又深挚。它让我觉得纺织姑娘是生活在草原那边,在一排排桦树林那边,在世界上最深的湖——贝加尔湖那边。歌声是从远方传来,歌声穿过了湖泊,穿过了桦树丛,穿过了草地,穿过了西伯利亚的狂风才传到中国来的;下一句"纺织姑娘"回应着,喊叫着,激昂着,我好像看见了纺织姑娘在纺车前突然昂起了头,突然热泪如注,也许她甚至抓住了自己的胸口。而且我要说她是痛苦地向世界宣告着。宣告什么?宣告有一位纺织姑娘坐在窗旁?这能比宣告十月革命或者法西斯德国入侵或者苏共二十大揭出的事实更郑重吗?她是受的什么伤?为什么唱得要这样荡气回肠,升天入地?痛苦的俄罗斯!啊,露西亚!

就在我自己看着简谱唱起这个歌的时候,我一下子就被这个极其简单的歌打动了，我感动于俄罗斯的情，俄罗斯的纯，俄罗斯的傻——我为什么觉得俄罗斯人怪傻的？我答不上来——俄罗斯的忧伤。

我唱这个歌的时候哭了，我想起原先我大概已经听过这个歌儿和这个曲调了，这个故事下面再讲。我想我永远爱这个国家这个民族这个人民，斯大林错杀了许多人也好，赫鲁晓夫胡说八道也好，《青年近卫军》的作者开枪自杀也好，西方国家骂它个狗血喷头也好，它的先进技术搞得都是傻大预粗的玩艺也好，反正它的歌太好听了。一个唱着这样纯洁和激情的歌曲的民族永远是可爱的，我永远爱它。甚至它的缺点它的商品的不好看不像样子也让我心疼如心疼那个忧郁的纺织姑娘。如果那个姑娘是自由幸运的新新人类，是三围合乎标准的时装模特儿或者上过《花花公子》封面的性感明星，如果她当选过一个州一个市一个国乃至一个地球的小姐，如果她想吸毒就吸毒，想泡吧就泡吧，想做爱就做爱，想被骚扰就被骚扰，想同性恋就同性恋，想旅游就绕地球，特别是如果她想发财就大发其财拍一个好莱坞经典片就几千万硬通货美元而不是不值钱的备受歧视冷落的卢布进入腰包……你说，我还敢爱她吗？

三

　　主题歌是《纺织姑娘》，序曲是《喀秋莎》。

　　《喀秋莎》是吕明教给我唱的。那是一九四六年秋天，我十二岁，初中二年级，吕明则是高中二年级的学生。我因为年岁小，又刚刚参加了全市中学生讲演比赛并且获得了名次，在校内小有名声。而吕明是这所学校的垒球队的出色球员——其实未必是他的球艺特别好，当然他的球艺也过得去，主要是他胖乎乎，小矮个，一脸笑容，灵活欢乐，不论赢了输了，他的喜兴娃娃的体面的叫作宠辱无惊的神态总能赢得众人的心。他像个小小的欢喜佛，我不是用欢喜佛的原意，而是用它字面上的意思。总之我们两人一大一小，在学校里也算人三人四——还到不了人五人六。这天下午，我在操场站着，周围没有别人——为什么在操场站立？为什么周围无人？我现在已经完全忘记了——他问我："你在看些什么书？"而我的回答集中在一点，我至今清清楚楚地记得，我的回答是："我现在思想'左'倾！"

而吕明恰恰是地下共产党员。

有一次我与一个只比我小一岁的同样在一九五七年受过挫折的小说家一起与外国专家座谈。我说到，在人民革命的过程中，中国一大批作家是受左翼思潮的影响的，是"左"倾的，悲剧在于革命胜利之后，拥戴革命的"左"倾的作家却遭遇了许多以革命的名义进行的难以置信的试炼。我的同行立即说，他从来没有"左"倾过。只差一岁，他就根本不知道"左"倾的原初含义了，我又怎么当着外国人的面给他讲中国革命史呢？吃不开喽，难以沟通啦。

何况别人？

吕明于是狂热地开始了对我的共产主义启蒙教育。与此同时，他给了我一纸歌篇儿:《喀秋莎》。

"拉西多西多多西拉西米"，我从来没有接触过这种调式，这是一种切入，我那时会唱的是《满江红》，是黄自和贺绿汀，是《可怜的秋香》直到《少年的我》，是没完没了的多瑞米骚。这时来了诉说一样的"法法米瑞米拉"，来了含泪含笑的"西瑞多西拉"，一家伙就伸到心里去了；至于它那充满青春魅力的跳动的节奏，更是我从来没有接触过的——真是另一个世界，另类作曲家。

另类另类另类，没有比青年人更喜欢着期盼着另类的啦。而那歌词也是我从来没有听到过想到过的:梨花开遍了天涯，河上柔曼的轻纱——什么叫柔曼呀，另类得一塌糊涂!走在峻峭的岸上，歌声好像明媚的春光，我的天!而这新奇中的新奇,纯美中的纯美,迷人中的迷人,是她,是喀秋莎!歌声就是春光,春光就是歌声,歌声就是万物的萌动,歌声就是冰雪消融,草儿返青,花儿渐放,燕归梁上。听惯了"美珠""淑兰""玉凤""秀云"以及桃呀杏呀香呀艳呀花呀月呀的女人名字之后,听多了拾玉镯、待月西厢下、人面桃花相映红、杜十娘怒沉百宝箱和金玉奴棒打薄情郎的故事之后,你听到了一个歌声如春光的姑娘叫作喀秋莎,而且她护佑着的是世界上第一个工农社会主义国家的"左"倾红色战士……你怎么能不喜泪盈面,如浴清泉,如沐清风,如饮甘露,如获得了新的生命!

我已经十二岁,我已经沉醉于春光、歌声、梨花、河岸、战士、苏联和共产主义,而所有这些如今被一些轻狂小子笼统地无知地称为嘛行子(行读航)意识形态。这是什么样的意识形态呀,这是春光一样的激情和梦想,人群和运动,独立和自由,它集中体现在喀秋莎的名字和音乐形象上。我相信，我如同见到，喀秋莎健康而又光明，忠诚而又快乐，多情而又素雅，她在山坡上在河岸上在春光里奔跑着跳动着，她的胳臂和腿迅速地摆动着。她的基本色调是洁白，梨花，轻纱，都是白的，我看见了一个活泼勇敢如白玉之无瑕的俄罗斯姑娘，她就是喀秋莎！

我相信她就是我的梦，我的爱情，我的幸福，我的需要，呵，我的伟大的意识形态！我感到了血液在身体里涌流，我感到了心跳的加速，我感到了感情的沉醉，我感到了诗一样的美丽。从那时开始，我的情人就是苏联，就是俄罗斯，就是喀秋莎，就是贝加尔湖，就是顿河，就是白桦树和草原，就是屠格涅夫的丽莎和叶莲娜，更是《钢铁是怎样炼成的》中的冬妮娅和安东诺夫《第一个职务》中的尼娜。后来我想，喀秋莎应该是苏联电影《攻克柏林》中娜塔莎的妹妹，因为我心目中的喀秋莎比娜塔莎年轻，而与娜塔莎一样地健康、清丽和纯洁。我不是柏拉图，不是修士更不是小和尚，但是我的青春我的春光不是至少主要不是从乳房、屁股、汗和其他分泌物及阳具的膨胀上体现的，它是从革命、从苏维埃社会主义共和国联盟、从文学、从诗、从星空、梨花、河岸、雾与歌声来感知的，我为此感到快乐，当然无怨无悔。无怨无悔，这其实是一个万古长青的青春口号生命口号，与历史评判无关，与实践是检验真理的唯一标准无关，与自我忏悔或忿忿然要求旁人忏悔更无瓜葛。如果选择柏拉图和种公猪，如果选择革命者和老腐败，我当然宁愿都选择前者。

## 四

这里有文化的压抑，也有少年的性羞涩。完全的开放就像完全的裸体一样，反而丧失了性的魅力，请想想看如果你一天二十四小时看到的嗅到的都是千篇一律的

男女性器官，无非就是全民三百六十行的一致妇产科化
与泌尿科化罢了。从全民皆兵到全民皆妇产科泌尿科，
真那么有趣吗？

　　一九四九年建国前夕我就有机会在剧场看到了莫斯
科大芭蕾舞团的舞剧片段表演，那是苏联派到新中国来
的第一个友好代表团，团长是我崇拜的作家法捷耶夫，
副团长是西蒙诺夫。头一次看芭蕾舞，我忘不了女芭蕾
舞演员的腿的美丽和飘飘欲仙的意境。她们演的有《泪
泉》和《吉赛尔》片段，令人如醉如痴。我已经看够了
包括我自己的丑陋的罗圈腿、X 形腿、藕状（一头粗一
头突然细下来）腿、肥粗腿、麻秆腿、长着内外八字脚
的腿；我也不能不提到我的亲爱的同胞的驼背、水蛇
腰、将军肚……为什么在我们这里缩肩俯首的人才像是
好人呢？即使是最美丽的中华戏曲演出，生旦净末丑，
没有一个角色是挺着胸膛走路的。我们的一代一代的可
怜的身躯！我终于看到了健康的、挺拔的、匀称的与优

美的身体特别是腿了。这样的腿唤醒的是人的尊严和自爱，是人的聪明和力量，是生活的质量和人生的快乐和优美。我觉得观赏、亲近乃至抚摸亲吻这样的腿并且和长着这样的腿的女性生活在一起该是何等的快乐！

在看芭蕾舞那天我想入非非，我想的是岁数再大一点我一定要娶一个俄罗斯姑娘，我要娶喀秋莎或者娜塔莎或者柳波芙或者斯薇特兰娜，我一定要与苏联结婚，我要享受苏联的广袤、健壮、充实、新鲜和热烈，就是这样。

越到往后，随着自己年龄的增大，更是随着中苏关系的远非万古长青，这种孩子气的乱想就愈化为泡影了。从喀秋莎到娜塔莎到芭蕾舞女演员到纺织姑娘，这里有一种不无悲凉的过渡，有一种不无悲凉的预感。莫非这也与历史与国际共产主义运动的厄运有关？苏联的挫折就是我的挫折，斯大林的污点和赫鲁晓夫的轻率以及苏联的变修或者反过来是僵化都是正在遮蔽我的健康无瑕的喀秋莎娜塔莎冬妮娅丽莎叶莲娜和尼娜的阴影。

天道无常，历史无义，人心无恒，当回首往事的时候，

谁能理解，谁能原谅？

## 五

　　一九五五年我到此地最大的一家纺织厂担任共青团

委书记。纺织厂里女工多，按理说团委书记应该是由女

同志担任的，可据说原来的团委正副书记（都是全国劳

动模范）磨擦得一塌糊涂。党委领导认为两个女同志不

易合作，选中了我这个作风正派道德高尚的须眉。我们

厂是苏联列宁格勒红十月纺织厂对口援助的第一个五年

计划重点项目之一。红十月厂派来了自厂级到车间到总

设计师总工艺师总会计师到科室到班组的全套技术人员

管理人员把着手教我们。对以上援华人员，我们一律恭

恭敬敬地称为苏联专家，设有专门的专家工作室，我们

的城市郊区则设有专门的专家公寓。

我这里要说到的是担任我厂的副总工艺师的苏联女专家卡杰琳娜·斯密尔诺娃。我到厂里的第一天就碰到她来找团委。我们的团委的青年监督岗准备在厂里组织一个废品展览——这种活动方式其实也是从苏联的工厂共青团工作先进经验中学来的。卡佳同志——人们都叫她卡佳——迟了三个星期才得知了这一消息。她觉得面子上非常挂不住，由她担任工艺方面的专家的工厂，出了废品，她难逃其责。她要找我谈判取消这次废品展。

虽然当时我们与苏联"老大哥"一道建的厂，同属一个单位，彼此仍还是相当外交相当客气也可以说是相当警惕，各种外事纪律令人肃然起畏。先是我厂专家工作室的翻译通知我卡佳副总工艺师求见，并向我透露了这位也可以昵称为喀秋莎的女专家的大概意图。我乍一听颇反感，我们的青年工人大半来自农村，没有见过现代工业现代技术，其中百分之三十去列宁格勒红十月厂培训过，但熟练程度仍然很不够；与俄国人相比，咱们中国人还有股子凑凑合合的马虎劲儿，为此，许多厂的共青团组织举行过废品展览，怎么到了这儿你这个外国专家吃开了心！我思考着怎样软中带硬地把卡总顶回去。

这时我接到了厂长的电话，紧接着又是党委书记的电话，当时正在明确中国企业要实行的是党委领导下的厂长负责制，不是苏式的一长制。两位领导都指示我一定要尊重苏联专家的意见，这不仅是技术问题更是政治问题，原则问题。我自然唯唯，但不是很愉快。

书记的电话还没放下，办公室的门就敲响了，卡佳来了。这是一个亭亭玉立的知识女性，她穿着黑色开司米紧身毛线衣——那时我还没有见过任何一个国人穿开司米的显露身材的衣服，咖啡色西式长裙，半高跟鞋。她的身材的完美已经使我吃惊，她的栗色的头发也特别令人舒服——就是说比金发更平静也更有深度，毕

汽车时代 / 2004年 / 69cm×48cm

晴空 / 2008年 / 69 cm × 46 cm

竟金发女郎太像电影明星乃至玩偶娃娃。她梳着高高的头发，有点类似于后来被称作的马尾式，一块宽大的蓝底黄花的绸子在她的头发上系了一个蝴蝶。她的头发给你一种高高耸立，高不可攀的感觉。她的刘海处飘荡着一些碎发，使你产生用手指摸一摸她的秀发，抖开她的全部头发的念头。她的眉毛与眼睛都分得很开，舒展开阔，落落大方，不像随她前来的专家工作室的绰号叫作"皮球"的翻译五官挤到了一起。她的眉毛细长柔顺。她的眼睛在欧洲人当中不算大，左外眼角略略下垂，使这眼睛略略显得有些愁苦，显得柔顺和善良，否则只看她的身材和服装你也许以为她是一个芭蕾舞演员，一个像神仙一样的外国大姑娘，只是在有了一只眼角下垂的左眼以后，她下凡到了你所在的地面上。最动人的是她的嘴，她说话时嘴像是弯月，又像是一牙小船，那样的嘴你会觉得是无比天真觉得她需要保护，用后来的狗屁不通的语言来说，叫作应该给她和她的嘴以更好的关爱。

她提出了废品展览的问题，她的皱眉也极其好看，那样的皱眉让你心疼和同情。我立即大谈中苏友谊，大谈毛泽东的"以俄为师"的命题，大谈我厂我国我党对苏联专家一贯十二万分地尊重。我提起了来华访问过的苏联共青团书记谢米恰斯特尼，我强调说，建立青年监督岗和举行废品展览，都是我在与谢米恰斯特尼同志座谈中第一次听到的。我们向苏联学习了，然而您不同意。

听到苏联共青团这位当时十分看好、后来被证明是前途无量的领导人的名字，卡佳脸突然红了，她大约以为我想用一个苏联大官与这么一套话压她一下。我从来没有见过一个女子红脸红得这样美过。看来谈话中我已经掌握了主动，从而，我得意地毫不犹豫地宣布：出于我们对于苏联专家的无条件尊重，也是根据我厂的具体情况，我决定：已经准备了三周，原定次日开幕的废品展览现予无限期推迟。

她可能无法适应像我那样中华悠久文化的继承者的辩证过来又辩证过去的说话方式，她的脸上显出迷惑的表情。"推迟"而不是"取消"也令她放心不下。在一再对证终于确信我是说了不举行废品展览以后，她渐渐转忧为喜，她的微笑灿烂如春水荡漾。她说七年前她在红十月工厂担任过共青团委书记，她们那里的企业中，没有专职的党、团干部，党的工作团的工作都由兼职人员从事。

我听后大喜。我立即建议她给我们的团员和青年积极分子做一次报告，给我们介绍先进的荣膺列宁勋章的苏联共产主义青年团的工作经验。

我的这个做法不完全符合程序规则，似乎是我不能灵机一动就请苏联专家做报告，我如果有这个意思应该先通过中方领导，再通过苏方领导——他们有专家组的组长，再安排。但当时我就这样请了，她也就这样答应了。

她走了以后我温习她的神态和面容，在"电影"的回放之中我有一个重要的发现，就是她的灿烂的无砟儿的笑容结束的时候变成了苦笑，而且，我要说，那苦笑显出了一个女子最大的悲哀：苍老。这使我也有点悲哀，莫名其妙，然而是无解的悲哀。

为她来给我们的团干部做报告（党委不同意由她来给全体团员和青年积极分子讲话，只批准开一个三十人左右的团干部会），我又与专家工作室联系了许多次，果然，长得像一只小皮球似的翻译告诉我，我们的卡佳专家，还是一个捷乌什卡呢。

这很有趣：俄语的捷乌什卡，英语的格尔，维吾尔语的克孜，含义本来都是一样的。但是至少在上个世纪五十年代，捷乌什卡只能翻译成姑娘，格尔只能翻译成女孩儿，克孜只能翻译成丫头，绝对不能互换。说是卡佳已经三十好几岁了，然而她还没有结婚。小皮球翻译告诉我，苏联卫国战争中死了大量男人，战后男女比例失调。女大难嫁的情况很多。有一篇小说叫《露莎姑姑》，就是描写这种大龄女青年乃至女中年的悲哀的。我闻听后立即到书店买到了那本包括有《露莎姑姑》的短篇小说集。可惜如今我已经忘记了它的作者是安东诺夫还是纳吉宾，反正不出这两个最有名的苏联短篇匠人。（也可以译作大师，但是一译作大师，它的汉语意味就可能引起恶战，不如译成匠人妥当，如果我们斟酌一下翻译，文坛形势本来可以平静得多）小说描写一个被战争夺去了爱情的被称作露莎姑姑的女子，在一个场合因为一个小伙子拖拉机手而春心荡漾，然而，她还是理智地克制住了自己。发乎情，止乎礼，很道德也很文明，很美丽也很安全，但是我读得好难过。我为具有露莎姑姑式的命运的女子而憋闷愁苦，心意难平。我甚至希望露莎姑姑不要那么理智。此后的生涯中我结识了不止一个美丽、智慧、自尊和绝对的出类拔萃和不幸（至少在她们的私生活上是不幸）的女人。她们是人中的精华，是生活的灵气，是大地上的风景，她们应该生活得更好。应该有人爱她们尊重她们体贴她们抚慰她们和支撑她们，至少应该欣赏和赞美她们。我相信她们本来是也必定是清洁的与高尚的。水至清则无鱼，她们是孤单的，无助的，她们的深情、浪漫、高智商，一句话，她们精神上的居高临下，使她们难以在男权中心的社会找到恰当的位置。而一些拈花惹草偷鸡摸狗的男子用贾珍贾琏贾蓉的举动和语言亵渎和污蔑她们。一些冠冕堂皇的男子在谈起女人来嘴脸不啻猪狗。我能说什么呢？在"文革"之后我结了婚，我曾经与妻子谈起这个话题，妻子有时候也表示默默的同情，有时候笑我替古人担忧，有时候半真半假地取笑我："你上嘛。"不，我完全不是这个意思，我只是说人生太苦，女人更苦，越是精彩的女性越苦。男人不应该用强奸犯／嫖客／妻妾的主人／两条腿的畜生的做法、态度和话语对待她们。

现在回过头来说卡杰琳娜·斯密尔诺娃，她的境况使我闷闷不乐，我更加了解她的眼角与笑容了。我当时只有二十一岁，我估计她比我大十五岁左右，她好像是一九一九年生人，大过我的年龄的二分之一，她的年龄是我的年龄的一又三分之二倍；我的俄语和她的中文是一样的糟糕，国别森严，各种文件已经使我预感到中苏关系蜜月阶段正在成为一场苦短的春梦，中苏领导人相互已经是鼻子不是鼻子眼睛不是眼睛。山雨欲来风满楼，敏感的人会感受到，中苏分道扬镳已经只是时间问题。中苏友好的调子已经愈唱愈低，我又是一个从小就非常非常政治化了的人。我有什么别的意思吗？没有。然而我放不开卡佳，我为她独自忧伤。

团干部会开起来了。"卡总"前来讲了话，通过翻译，我听到的她的讲话全部是空洞无物的套话，大量关于苏联的自吹自擂，听完她的讲话我的印象是她们工厂的团组织早已瘫痪，她这个团委书记仅仅是挂名。倒是她讲了几名战争时期的苏联青年的爱国奉献故事，讲了战争时期列宁格勒人民的苦难与顽强战斗，令我频频点头，令大家热烈鼓掌不止。

讲话内容慢慢地从记忆中淡薄了。但是我忘不掉她进入会议室时穿的那件灰呢大衣。那种大衣不是遮蔽而是凸显了这位苏联大龄姑娘的身材，那种大衣有一种古典的高雅。她的头上还扎着一块毛绒绒的黄底黑花头巾，扎头巾当然已经过时，我要说的正是那种过时的美，她的青春，她的国家，她的命运，注定了不久就要过时了。她是一个正在过时的好人，匆匆过时正是生命的诱人之处，花开堪折直须折，莫待无花空折枝。一切美丽一切魅力都依存于一定的时间，一切美丽都含有一种逼近的衰微，一种对转瞬即逝的美好的留恋和忧伤。所以说，美总是楚楚动人。

我始终弄不清楚，一个那样美丽的女人，为什么讲话是那样空洞而又教条。我必须感谢我的不好的俄语，这样我可以欣赏她的衣着，她的神态，她的面容，她的微笑，她的独特的以甜蜜开始以忧伤收尾的笑容，包括她的声音……却无须因她的讲话内容而劳神。她的声音远远说不上好听，它不圆润也不清甜，它常常出现一种从额头就是说从鼻子和脑门子上溅出来尖锐的杂音，也许应该说是噪音，而总体的音质偏于低沉，偏于惶惑不安。奇怪的是以这样的神态和声音讲的却全部是《真理报》和《共产党人》杂志上的语言。我听着翻译的干巴巴的译文，常常忘记那正是她的讲话。我只觉得那是那个皮球翻译与《真理报》合伙在干扰我们。

一个带点"十三点"味道的机修车间的团支部书记竟然在卡佳同志讲话以后发言请求卡佳给我们唱一个歌，她居然唱了。这吓得小皮球似的翻译苍白了脸。小皮球白着脸说卡佳同志准备唱一个俄罗斯民歌《织布的姑娘》——只是许久以后我才想起这是不是就是我第一次听到《纺织姑娘》？记不清了，记不清了，她唱得并不好——这也使我心痛，我找不到就是说她没有找到这首歌的旋律和韵味，我对这支歌没有印象。有许多好听的歌，人们白唱啦。何况一首唱得并不成功的歌儿呢？

六

五十年代前半期，那是一个跳舞的季节，我原来的工作单位——共青团的区委组织每到星期六就与区工会一道组织舞会，伴舞的音乐吵得我的耳朵起了茧子。影片《青春万岁》中有一场冰上的舞蹈用的是施特劳斯的《蓝色多瑙河》。然而我觉得这是不对的，那时候我们只知道两种舞曲，一种是广东音乐，《步步高》（有两个完全不同的版本）、《娱乐升平》，后来还有了适合探戈伴奏的《彩云追月》。另外就是俄苏曲子。

区团委与区工会的交谊舞会是在露天的洋灰地上跳起来的，而我与喀秋莎的共舞是在华灯高悬，彩石铺地，窗帘流金，檀香微度的宾馆大厅里。我们的五十年代从来不会在幽暗闪烁的彩灯下起舞。那时我们每到新年和中苏友好同盟互助条约签订的周年纪念就要与厂内的专家们一道吃宴会并在餐后跳舞。我虽然人微职轻，由于也算一个方面（当时的习惯是动辄说"党政工团四大巨头"）的代表，便不可少地出现在每次的宴请和起舞这种在当时是不可思议的豪华但又极富世界革命暨国际共产主义运动内涵的宏伟历史场面中。

而且，我是在主桌。卡杰琳娜·斯密尔诺娃与我一桌。我们用半通不通的中文和俄语交谈，谈的当然也只是友谊万古长青，你好我好，祝你健康，列宁格勒与此地的天气哈哈哈。然而交谈比谈什么更重要，我在这样的场合显得心旷神怡，潇洒倜傥。只是在屡屡为中苏人民的伟大友谊干杯之后，我开始感到头晕，我感到了伏特加的厉害。喀秋莎还要为我添酒，我赶忙说："玛琳可依，玛琳可依……"我的意思是少添一点，再少一点，我的印象俄语中"巴力朔依"是大，"玛琳可依"是小。然而在我说了小一点即少一点以后，她拼命添加伏特加，一直到酒从杯子里溢了出来。显然，她理解我讲"玛琳可依"的意思是说倒得太少了，应该再多倒一些。这种误会增加了我们的交流中的欢乐的节日气氛。

而等舞曲响起之后，她脱掉了外衣，穿一身黑色绸纱连衣裙，后背略露，拿起一个小小的就是玛琳可依的粉红色鹅毛扇子。我看到她穿得那样单薄，几乎要提醒她多穿一点衣服，只是考虑到外事礼节与纪律才没有饶舌。

第一支曲子她是与我们厂长跳的。厂长毕竟是农村的小知识分子，后来在部队当了领导，又在列宁格勒红十月厂培训了一年，稍稍不那么土了。他跳得不错。他的不错的舞姿甚至使我自惭形秽。

第二支曲子她与苏方的专家组长一起跳的。那是一个面貌凶狠的红发矮个子，一只眼睛有点斜视。看到他搂卡佳搂得那样紧，我十分反感，我祈祷上苍让他跳着跳着绊一跤，摔倒在地爬不起来。

第三支曲子响起来的时候我们的总工艺师老于向卡佳的方向走来。老于是"一二·九"时期的大学生，学化工的，搞纺织并不对口，但他也是自建国初期就保送到苏联学习纺织。他在苏联呆过三年，俄语基本上是一套一套的了，比厂长强多了，我想正因为如此他才只能当总工艺师却当不了厂长，而虽然号称苏联留学却事事离不开翻译的厂长，却因了他的俄语的歪七扭八而更有了领导同志的做派。

就在总工艺师走近，即将向卡佳同志发出邀请的那一刹那，喀秋莎突然转过脸来，不等我做出反应便拉起我与她共舞。她的手劲很大，我觉得我完全是被拽起来的。我看到了总工艺师的刹那间的尴尬，我觉得有趣。我与她面对面地站到一起以后，我闻到了她身上的香水味，这次的香水味显然比上次团委办公室里闻到的更清雅也更迷人。闻到这种气味我的精神不由一振。于是我也微笑了，我相信那是生平第一次笑得那样骑士风度。

与喀秋莎共舞的经验酷似滑冰，我们在地上轻盈地滑行，不论我跳得急或者舒缓，不论我的步子玛琳可依或者突然巴力朔依，也不论我的步子正好符合音乐的节奏还是错了——我不是一个跳舞的老手，她都那样得心应手的，没有一点分量地与我滑行在一起，只如她是我的身体的一部分，或者，应该说，只如我是她的一部分。

在舞蹈的旋转中我看到的是大厅的旋转，在喀秋莎的贴近中我感到的是爱情的贴近，在舞蹈的兴奋中我感到的是宾馆大厅的生命的躁动，在喀秋莎的得心应手的跟随中我增加了男子汉的信心。在这次宴请与起舞以后，我是怎样地长大了啊。

# 七

事后许多个月，也许更长，我常常回忆那个对于我来说是破天荒的起舞时刻。我过去没有今后也没有那样兴奋快乐地与女子一起跳过交谊舞，包括与直到"文革"以后才与我结婚的比我小十几岁的妻子。可能是由于保守，是矜持，更可能是与腿有关的自卑，或者是由于对凡俗的轻蔑，要不就是性格的内向，反正我不喜欢在大庭广众之中翩翩起舞，我不想"被看"，虽然那时根本不懂后殖民理论。

而一九五六年庆祝中苏友好同盟互助条约签订六周年那次我相信自己跳得很好，我的自我感觉就是好。我从来没有遇到过那样轻如薄羽、柔可绕指的舞伴。明明知道我自己跳得笨拙、生硬、缺少自信，干脆说是错误百出、左右为难、前后无措、周身僵硬、节奏失准，而居然我的感觉是她在我的怀抱里我怎么跳怎么对。我的有限的几次跳交谊舞的经验都是苦不堪言，捉襟见肘，踩脚碰腿，使绊拧花，一边跳一边默祷这支舞曲快快结束吧，我的罪快快受到头吧，跳完了无不是一身大汗——冷汗。而此次与喀秋莎一起跳，我的感觉浑如无物，就是说她像一阵风，她像一张画，她像一片光，她像一朵浪花，她像一段乐曲，她更像一个幻影。她有迷人的摇曳，有亲近的气息，有柔韧的感觉，有生动的弹性，有炫目的光辉，有美丽的轮廓，有顺遂的推移，有感染的旋律，有迷离的明灭，然而没有实体，没有体重，对于我的即使最荒谬的步伐也没有犹豫与阻隔，没有任何对于空间的占据。跳起舞来她就是我我就是她，我往左她自然往左，我往后她自然往后，我对她对，我错她错，我快她快，我慢她慢，我笨她顺，我紧张她松弛，我尴尬她自然，我僵硬她灵活，我出汗她宁静地微笑。于是我也自然我也灵活我也自信我也感觉愈来愈良好起来。她与我完全合成一体，只像是两个配合多年的舞蹈伙伴，只像是从来我就是与喀秋莎一道起舞，我们的配合默契与生俱在。这样的舞伴并不是人人都能遇到，这样的感觉即使是同样的两个舞蹈大师也不是回回都能得到。这样的天赐的舞伴天赐的机遇只怕是转瞬即逝。

乐曲，灯光，舞伴，情绪和动作完全交融在一起。这里我要说的我要努力回忆的是伴奏的舞曲。那个年代我最喜爱的苏联舞曲是《大学生之歌》，那支歌有一股帅劲，青春的自信，飘摇的得意，沉醉的忘情，倾吐的真挚，特别是新生活的明亮……无与伦比。在鼓舞全民族的信心方面，苏联做到的是世界第一。也许人们会认为《蓝色的多瑙河》比《大学生之歌》洒脱和丰富得多，但是《蓝》太华丽太富态太——对不起，本人其实是约翰·施特劳斯的崇拜者——奶油。过分流行，奏得太多听得太频繁，不奶油也会奶油起来。太华丽了就给人一种宫廷感贵族感上流社会即非普罗感，它属于旧世界而不是新生活。多好笑啊，现今一些中国的写作人拼命宣告自己出身于贵族家庭，而任何夸耀的牛皮，只能证明他或她绝对不是贵族而是——最多是小鼻子小眼的暴发户。在我们年轻的时候，我们仇恨和蔑视贵族。至于令我难忘的《大学生之歌》，虽非名作，它的曲子却是世界上第一个工农国家的单纯和乐观的写照，纯净透明，满足快乐。它常常把我感动得羽化而升空。我始终觉得那是一架精神的阶梯，不，不能说是阶梯，应该说是一枚精神的飞船，虽然那个时候还远没有飞船。在区共青团与工会合办的周末舞会上，最常放的就是这支歌的唱片。听这个曲子并想着一切喀秋莎娜塔莎冬妮娅，便觉得如乘风直上，遨游太空，揽星摘月。那支歌是撩人心绪的精灵，我知道那天也是放过这支曲子的。

那天肯定也放了柴可夫斯基的《花之圆舞曲》。优美精致，令人爱不释手，令人不忍离去。

那天也放过一支民间舞曲，热烈欢快的手风琴召唤

46

着火一样的青春和友情，火一样的万众一心，万民腾欢的战无不胜的力量。我其实是有一张类似的唱片的，一张只卖八角钱，唱片上写着此曲的名称叫作《康拜因（联合收割机）能收又能打》，绝了！

　　我听到了上面说过的这些曲子，但我没有随曲起舞。

　　而喀秋莎拉上我跳舞的时候，当时奏响的那支舞曲的风格与上述所有曲子迥然不同。它更深沉也更纯净，更梦幻也更日常，更衷心喜悦却又——为什么我会那样感觉——永远无解的悲伤。它一下子把我拉到一个另外的世界里，遥远、陌生，然而亲切、浓郁，像是白桦林里的永远的黄昏。它集中了那么多感情、愿望、失却、回忆、微笑和苦笑的面庞。好像是一张静物写生画，是一簇红红紫紫、重重叠叠的沾满露水的花朵。好像是一泓空荡荡的清水，无可奈何地等待着天鹅与风。好像是无声诉说，有泪长流。好像是一间空空的老屋，除了没有人以外一切都如主人在的时候一模一样，在那间屋里有一座式样古老的停摆的时钟进入了永恒。又好像是一个国家一个民族，一片广袤的土地，一群年轻的姑娘，一群苍老的妇人，为自己的艰难、焦灼、善良和工作而感动了，于是默默地向苍天伸出诉求的双手：保佑我们的可怜的国家和民族吧！他们说。

这支曲子太好听了，我听这首曲子如第一次接受俄罗斯姑娘的亲吻，那是一个忧郁的含泪的吻。那是"吻别"的吻，那是吻入了我的灵魂的吻。我当时不熟悉这支勾魂夺魄的歌曲，只是一些月后，在我收到了新的一期《歌曲》以后，我才断定，它应该是，它就是《纺织姑娘》。

纺织姑娘是所有俄国女性的灵魂。就像托尔斯泰说的，柴可夫斯基的第一弦乐四重奏第二乐章"如歌的行板"是俄罗斯的灵魂。

# 八

静默了那么多年,那么多年中唱歌也会成为罪行。然后是上一个千年的最后二十年,所有的歌曲如潮涌如海啸如大风如造山运动。施光南的《在希望的田野上》,崔健的《一无所有》。帕瓦罗蒂与多明戈。美国的乡村歌曲和电影插曲。猫王、洛萨、芭芭拉·斯翠珊、宾·克劳斯与约翰·丹佛、胡里欧·伊德莱斯亚斯。《泰坦尼克》与《人鬼情未了》插曲。苏格兰的《一路平安》。爱尔兰的《夏天最后一朵玫瑰》。舒伯特、勃拉姆斯和海顿的艺术歌曲。日本演歌。台湾校园歌曲。每年每月的流行歌曲排行榜,比如说《青藏高原》。还有港台及新马歌星,天王天后与金刚力士。耳不暇给。美不胜收。千姿百态。日新月异。早已经没有上一个世纪五十年代苏联——“前”苏联——歌曲的地盘了。我甚至也好久没有顾上去怀念《纺织姑娘》,八十年代以来,需要怀念的东西是太多太多了。

一九九八年秋天，第一场寒风吹得遍地黄叶，白天一下子短得叫人依恋。这天晚上我与妻子到喀秋莎餐厅，照例是先听各种俄罗斯歌曲的录音，七点半以后才开始了小乐队的演奏。彩灯一开，聚光灯一打，我怔在了那里。我看到了五十年代的卡杰琳娜·斯密尔诺娃！

栗色的头发，从前面看像桃尖一样的分界，纯净的、以天真轻信开始而以苦味的无助的悲凉收尾的微笑，洁白的偏长的脸孔，分得远远的眼睛，外眼角稍稍下垂的左眼，纤细的弯曲的眉毛，略带普罗风格的过于暴露的下巴。我要肯定的是，一眼她就从满厅顾客中认出了我，她首先向我招手微笑致意。

不同的是她的披肩发。她的头发恰好披到肩上。照例，第一支曲子是《喀秋莎》。所有的中国人认识苏联文艺显然都是从《喀秋莎》开始。

"首先是《喀秋莎》，然后是《红莓花儿开》，都是这样的。"妻子说。

差不多，然后是《山楂树》和《莫斯科近郊的傍晚》，然后是《三套车》和《海港之夜》。二十几分钟，等不到我们喝完一杯格瓦斯，吃完一盘蛋白黑鱼子，她就会唱完我们的一代人的青春时代，我想。心里有一点酸酸的东西往外涌。


同干一杯吧，

我的不幸的青春时代的好友，

让我们用酒来浇愁，

酒杯在哪儿？

像这样，欢乐就会涌上心头……


这是《给奶妈》，普希金作，戈宝权译，出自《普希金文集》，苏联外国文学出版局出版。

下面一个歌好像是那个：

哪里有这样的国家，

像我的祖国这样美丽，

看花开千万朵呵呵呵……

这个歌当年不算十分流行，我倒是十分喜爱。我常常惊异，世界上还有没有什么美好的词句没有被苏联的歌曲和诗篇用过。人们确实是用尽了人类直到他与她们的祖先类人猿所可能有的忠实、理想、崇拜、亲爱、欢欣、热烈、坚定和勇敢来歌颂这世上第一个被资本主义视作洪水猛兽的工农社会主义国家。

就在我一阵分心，想到克里姆林宫和红场，想到加里宁和斯维尔德洛夫的时候，她用中文唱道：

工厂的烟囱高高插入云霄，

克里姆林宫上一片曙光。

……当我们回忆少年的时光，

当年的歌声又在荡漾……


不要再唱了，我几乎喊叫起来，你唱得太残酷了！"上帝"对你太残酷了。就让我们忘记这些光明和高尚的歌曲吧，就让我们唱着"干完了这杯再进点小菜"或者"美酒加咖啡""哪个才是你的好妹妹""I like make love to you"来庆贺我们的不是先富就是后富起来的生活，安度我们的晚年吧。

可能是我的表情引起了服务员的注意，一个长相很像中俄混血儿的金发（至少是染成了金发）女孩子走了过来，她轻轻对我说："先生，您点歌吗？一百元点一个……现在唱的这个《列宁山》就是那位白头发的先生点的。"

白头发的先生？常到这里吃饭和听歌的人当中那个白发人早就引起了我的注意。他每次走进餐厅的时候首先要甩一下头，目光四面逡巡。他那么大年纪了，却穿了一身名牌——这使我觉得轻佻。他常常和一位比他年轻许多——例如，至少年轻二十岁——的打扮得相当讲究的女子一起来。他们经常要一些最贵的菜，而且一点就点一大桌子，那绝对不是两个人的份额而是四至六个人的份额。他的高大雄武不让青春的身材使我既羡且妒。总之，我讨厌他们。而居然是他们点了我年轻时候同样视为神圣的《列宁山》！

我不知道我为什么激动了起来，我从口袋里一下子拿出了五张百元人民币，我大声说："我点《纺织姑娘》，唱五遍！"

金发混血儿一怔，她大概没有碰到过这种点歌法，妻也急了，从服务员的手里往回夺人民币，我伸手拦住了。我向妻又向金发女孩子绅士风度地一笑，我说："没有关系，我爱听这个歌。"

激动中我没有听清俄罗斯姑娘的《列宁山》的结

尾。没有听到她的大声疾呼"玛呀……莫斯科哇"（我的莫斯科），我只听到可爱的姑娘用俄语大声说话。

金发姑娘翻译说："有一位先生给我们五百元，点我们的歌手唱《纺织姑娘》，我们的歌手说，《纺织姑娘》正是她最爱唱的歌，她不需要收五百块钱，她只收一百元。"

全餐厅欢呼，而且有那么多的人是在用俄语欢呼"马拉吉（太棒啦）……"

四百块钱拿回我的桌子，妻子用恶狠狠的眼睛望了我一眼，提前退场以示抗议。音乐响起来了，虽然仍然是电声乐器与架子鼓，曲调并没有现代化或摇滚化，一切仍然是那么安详。

在那矮小屋~里，

灯火闪~着光，

年轻的纺织姑娘，

坐在窗~旁。

年轻的纺织姑娘,

坐~在窗~旁。


我用我的歌词来附和她的俄文歌词。别来无恙的纺织姑娘啊,你的声音经过了山山水水,风风浪浪,险险恶恶,死死生生。你的温柔,你的纯真,你的思念和你的稚气和傻气的嗓音竟然比 USSR(苏联的英语缩写)或 CCCP(苏联的俄语缩写)、比"俄罗斯联合各自由盟员共和国,结成永远不可摧毁的联盟"这气魄宏大的苏联国歌,比"乌拉斯大林"的冒死冲锋,比中苏牢不可破的友谊和磐石般的团结"伏尔加河畔听到长江流水声"(《莫斯科—北京》歌词)更久长也更有力。

我实在不好意思,在听到了她的《纺织姑娘》以后,我几乎痛哭失声。我只能深深地低下头。

歌声向我走来,一种我早年间熟悉的香水——更正确地说应该是"花露水"或者更正确地说应该是一种古老和美好的香皂——气味在向我走来，我感到了一阵清风，我感到了一阵暖意然后是凉意，我抬起了头，我已经成功地控制住了自己的眼泪，我毕竟是一个年老的男人。德国人就告诉过我，他们的男子脱离开儿童时代以后，再不会哭泣。

歌手走到了我的桌旁，向我单独地唱歌，向我微笑，在她唱歌和微笑的时候我觉得她正随风飘了起来，我也开始随风飘了起来，我们都离开了地面……她太像四十年前的卡佳了，只是头发比喀秋莎长些，脸也比当年的喀秋莎略长一些。甚至她的声音，也是卡杰琳娜·斯密尔诺娃那种沙哑的炽热型的。当然，她的声音拿得准确，不像卡佳是五音不全。那次团干部会上，我是怎样地为她的不会唱歌而心痛呀。

我的嘴动了动，我的嘴的动作像是在试探地说"卡佳，喀秋莎，卡杰琳娜·斯密尔诺娃"。在我的想象中她应该是卡佳的女儿，虽然直到四十岁了，她从中国离去的时候，她还没有结过婚。"莫非是那一个？"我想起了"皮球"的长舌。那么现在唱歌的姑娘懂了我的意思吗？她为什么点了点头？她为什么笑了笑，笑得那么苦？她后退了一步，她要离去了吗？她回过身去了，她突然又回过了头，正是曲子过门的地方，她分明在说："大娃利希赤万？"就是说，她在问我是不是万或王同志。俄语里没有 ng 的音，它的 n 里却又似乎有上颚的声音。也许她的"万"就是"王"吧？

这天晚上我在喀秋莎餐厅里一直待到十一点四十五分打烊，年轻的歌手没有第二次再唱《纺织姑娘》，她表现了剩余的却是坚定的矜持，她退回了四百块而不因为你多给钱而连唱数遍，毕竟是前苏联或原苏联的其实更正确地说就是苏联的俄罗斯的姑娘呀。原啊前啊，我们为什么这么多废话！我尊敬她们，并为自己的近乎失态而惭愧不已。

三天后我与妻子又到这所餐厅来。我们到得早，便与服务员聊天。她们介绍说，歌手和乐手在这里每晚表演四个小时，报酬是每月四千元人民币，每四个月他们轮换一次。我听了低头叹息，觉得她们辛苦，挣得也不多。这就是中国人，自己每月挣一千觉得也行。外国人呢，她们天生应该多挣。服务员还介绍说最近来的独联体各国顾客特别多，他们的简称是"苏联倒爷"或"倒姐"。服务员说，其实不限于独联体国家，来到这里做小生意的还包括南斯拉夫人、斯洛伐克人与罗马尼亚人。我想起了铁托，尤利·伏契克，乔治·埃内斯库的《多瑙河之波》直到被枪毙的齐奥塞斯库与叶莲娜·齐奥塞斯库一家。一九八〇年在美国，我与罗马尼亚作协副主席和我们共同的美籍希腊裔英语女教师一道晚饭，我提议为了齐奥塞斯库与叶莲娜·齐奥塞斯库的健康干杯，这位女教师说："为齐奥塞斯库干杯还可以，为叶莲娜干杯我不干。"罗马尼亚同志举着杯说："您请

啊，请啊。"如果是我们的电视剧，就会把他一再说的
"please"译成"求求你啦"，我为了打圆场便说："看我
的面子看中国人的面子吧。"后来，我们勉强地喝下了
那杯产自加利福尼亚州的酸酸的干白葡萄酒。

　　我们与喀秋莎餐厅的金发服务员商议，能不能上菜
上得慢一些？我们的目的是听歌，现在我们不点菜吧，
好像不好，你坐到餐馆的桌台边，不吃不喝，算什么
呢？点了菜吧，你十分钟把一切冷热盘汤甜食上齐，似
乎是在催我们快吃快走。我们怎么办呢？

　　服务员表示为难，她解释说一般中国顾客来了都是
催快上，餐厅人员制定了规则，中国顾客来了，点完菜
要在十五分钟内上完菜，如此这般，令我骇然。

　　我毕竟也是中国人，兵来将挡，水来土掩，我与妻
嘀咕了一下，便也采取了有力的应对措施，我一上来只
点一个沙拉和两杯格瓦斯，别的一概不点，等至少听完
三个歌以后，再点红菜汤苏博汤，八点以后再点主菜，

喝红酒的女孩 ／ 2001年 ／ 70cm×40cm

夏日 / 1996年 / 90cm×100cm

九点以后，再点甜品和咖啡，看你怎么办？

面貌如故人的女歌手到来了，她先和餐厅老板拥抱致意，并用俄语交谈。她向后室走去，大概是去化妆。她轻轻地掉了一下头，看见了我，却没有任何反应。她转头招了一下手，却是对那个白发的强壮的男人。这么一个人却与我一样地爱到这里来。她走到后室去了。

妻对我说："你可真是自作多情！"

## 九

为了庆贺中苏友好同盟互助条约签订六周年我与喀秋莎跳了一回令我失眠三夜的舞，一连几天我始终摆脱不了与她翩翩起舞的感觉，特别是那个后来被我认定就是《纺织姑娘》的旋律，余音绕梁，多日不绝。这以后，再没有与苏联专家的这种联欢了，也还有一些宴请，公事公办，应应付付，是不是友好太多也让人烦了呢？老团结在一起能不炸痱子吗？再说自一九五七年"反右"以来，交谊舞等于是被禁止了，除了像政协俱乐部这样少数的地方还有。东德一篇小说描写那里的人们要拿《金瓶梅》那样的书去换交谊舞票，显然不让跳交谊舞不仅仅存在于中国的当代。确切一点说那次在《纺织姑娘》的伴奏下与喀秋莎共舞，标志的是我的青春时代的提前结束，还有一些与苏方人员的社交活动，根本没有叫我参加。我的印象是经过一九五七年的"反右"，共青团的地位降低了，反正上头说过，以后团的干部不能太年轻，我不知道我的这个印象对不对。一连许多年，我都没有什么机会与喀秋莎接触。在厂房内外，我们匆匆相遇的时候她都给我以甜中带苦的微笑。这中间，我有几次与异性朋友的接触，书记与厂长甚至正式与我谈话，劝我及早解决"个人问题"，但是我的准恋爱都没有成功。厂里的苏联专家数量已经大大减少，除卡杰琳娜·斯密尔诺娃以外，五年前来华的苏联专家已经全部返国。又来了一个专家组长，面貌更凶恶，只是头发不红，而是如我辈的黑。

中苏关系着实堪虑，我听到的都是中苏分歧的消息，不仅从莫斯科而且从罗马从巴黎从马德里都传来了苏共指挥棒下的对中国共产党的攻击。一九五〇年五一游行时我们打过巨幅画像的陶里亚蒂、多列士、伊巴露丽同志等等说"修"就"修"得无边无涯了。修正主义比帝国主义殖民主义还让人摸不着抓不住，也还危险乃至神秘。因为修正主义的人物也都是共产党，也都满口的马克思主义。也许头一天还是牢不可破的友谊，最最亲密的同志，第二天说不定就是死敌。舞跳得越是亲密，舞会完毕之后上了班脸拉得就越长。从前跳舞的时候愈是微笑，如今上班以后见到的面孔愈是绷得铁青。到了一九五九年六〇年厂里的苏联专家几乎已经处于怠工状态，他们也是整天杀气腾腾地秘密开会。而我们的专家工作室只剩下了汇报苏联专家的动态，并对他们的一言一行全部进行最坏的估计和分析。皮球翻译有机会就要讲她当年视若神明的苏联专家的坏话，例如她说卡佳和专家组长在办公室的桌子底下乱搞，她还说卡佳在本国有一个私生女儿。听了这样的话我只想把皮球一脚踢到污水池里去。

如此这般，到了一九六〇年的春天。连续几阵大风，铺天盖地，黑沙滚滚，忽然，天朗气清，阳光明媚，头上是蔚蓝的天空，地上是碧绿的青草。四月中旬的这一个星期天我到这里著名的知春湖公园游玩。这里一个面积很大的人工湖，由于从前常有野鸭子天鹅栖息在湖面上，取宋人"春江水暖鸭先知"诗意得名。由于天气骤暖骤佳又是周日，游人人山人海，出租游船的地方排着长队。我开始只是准备去散步，一看到排队租船的人我便来了情绪，三步并两步地向游船码头奔去。

走近码头才发现我们厂的全部五名专家并家属正在那里与游船管理人员大声争论着什么。黑发专家组长见到了我特别高兴，向我连连招手。管理员见来了一个认识这些苏联人的中国人也十分欢迎。他们双双抢着向我说话。我再向前靠，立即弄清，游船的规定是每船限载四人，而专家同志不愿意多租一条船多付一条船的押金与租金，加上语言障碍，为此双方谈不拢。

我用我的蹩脚的俄语向专家组长解释了问题的症结所在，并立即提出一个合理化建议（合理化云云，与斯塔哈诺夫运动一道，这个词也是进口的俄国产品），我说，我正要租一条船，我欢迎一至三名专家上我的船。

根据精神分析学，我的这个合理化建议不应该是偶然的。但是数十年后我已经不可能回忆得那么清楚，毋宁说，愈是回忆得清楚愈可能只是自欺欺人。反正我提出这个建议的时候心情激动愉快，我提这个建议的时候已经或是正在看着卡杰琳娜·斯密尔诺娃同志。由于正在协调那种鸡毛蒜皮的两国人民的租游船交涉，我一直没有正眼看她。但是从远处我已经感到，我已经闻到她的气息——她在这五个人里。另四个人是两对夫妻。那个年代中国人出国是不带配偶的，苏联人带。

底下的细节我已经记不清了，我们上了船。我与喀秋莎在一条船上。满船都是温暖的阳光，是水与光的合影、倒影、折射、闪烁与重叠。苏联人可能由于是长年习惯于生活在高纬度地区的关系，他们对于冬季后的阳光渴望得近乎疯狂。先是另一条船上的苏联朋友开始脱外衣，先脱下了风衣，又脱下了西服上衣和女士的线衣，再脱下西裤和长裙，再脱下衬衫和马甲……他们的脱衣四步曲令我紧张心跳，最后看到他们脱得露出了泳装，这才放心一点，知道他们早有准备，就是要来到这里进行日光浴，同时，我也就明确了，脱衣到此为止，不会再继续脱下去。我松了一口气。

那条船上的苏联人一面脱衣服一面向我们喊叫，王啊万啊卡佳呀喀秋莎呀大娃利希赤呀乱喊一通。我却不好意思，而坐在我对面的喀秋莎十分缓慢地脱掉了浅绿外套和墨绿长裙，脱掉了银灰色的紧身短袖针织上衣和洁白的衬裙。她也是一身泳装，我的判断是细羊毛针织的质料，黄底褐黑斜道道的花纹。泳装在大腿处向上倾斜着收起，露出了些微球面即屁股的边缘。上身开得太低了，一道直线下露出了乳沟和一点斜面，看到哪怕只是念及此点，我心头如撞小鹿。我立即转开了目光，不敢正视。

我自己就不用说了，我只是脱掉了中山服上装和一件毛线衣，我仍然穿着长袖衬衫和毛线背心。中国人特别是河北人是相信春捂秋冻的养生之道的。

我已经非常感谢卡佳，她的泳衣还算是遮蔽得比较周到的。专家组长船上的两个女性，穿得差不多是三点式了。至少是在当时，我须要尽可能地保持尊重和距离，我们毕竟是两个国两个党两个团两个性别两个什么来着，就说是两个不同的年龄段吧。我不愿意看到太多她的身体哪怕仅仅是四肢。我已经看到了她的微笑她的健康和寂寞。我——这次我特别看清了她的耳朵，因为今天她把众多的头发盘在脑后成为一个巨大的发髻，没有系绸蝴蝶。我不能想象一个女子的头发能有那么丰厚，它给我的感觉是比原来梳成马尾形的时候一下子头发多了一倍。同时，她的原本被彩绸宽带遮住了的耳朵与脖子的后半部分便全部暴露了出来。她的耳朵白皙，硕大，几近透明，我能够看到她的大而薄的耳朵上的微蓝的血管。外国人怎么长着这么大的耳朵！她的脖子上长着细细的绒毛和两个褐色的瘩子，显得分外白皙，当真是与我辈黄皮肤不同的白种。我也从没见过或者想过人可以长着这样白皙、均匀和因为有两枚瘩子更显得大面积光洁的脖子。这样的耳朵和脖子使我觉得开阔得近于空荡，这样的发髻使我觉得过于饱满和沉重。从发髻和耳朵、脖子上我好像看到了一座修建得宽大隆重但始终没有住进人来的房屋，这使我想起了俄罗斯的广袤大地。从发髻和耳朵可以看出她的成熟，从脖子上我又感觉到了她的无瑕的和巨大的生命。呵，她已经年华老大，青春正在离她而去。我算了算，她已经四十岁了。四十岁是女人美丽的顶峰和衰老的开始。

我定了定神赶紧把船划得飞快。船经过了垂柳的树阴又进入了遍水的阳光。船掉转了船头又蜿蜒前行。船绕过了湖心岛又追过了画舫。船钻进了水生灌木丛，又从一个桥洞钻入另一个桥洞。我们惊起了几只水鸟，又引来了一些蜻蜓。鱼儿在船边游来游去。一条小鱼被我们的船惊动，一跳老高。正是困难时期，我连喂鱼的馒头也没有。然而风自由地吹起，太阳无间地照耀，水花随意地四溅，树木充满了自信。我感觉到的仍然是人生应该风一样的自由阳光一样的温热与湖水一样的潇洒大树一样的镇定而且久长。我哼起了《纺织姑娘》的曲调，喀秋莎应和着。这次不知道为什么她哼唱得非常好，她注视我的目光使我不好意思。我一次一次心跳着宁可多看澄亮的天空和粼粼的水波。我太老实太乖太封建了吗？然而我永远满意于自己的羞涩和礼节，也许我不应该也不可能回避肉欲，我不可能回避身体。但那毕竟是人的事，我更喜欢文明和自制，喜欢体贴和小心，喜欢爱护和尊敬，喜欢对凸起的与凹入的器官睁一刹那眼睛，然后及时把目光移开，宁可多看她的脖子。想一想对方与你是一样的，是一个有灵性有尊严的人，想一想她的命运她的忧愁她的应有的保护。我宁愿意在记忆和想象中重温异性的美丽的一切，我不愿意以一种公猪的眼光和语言和情调去亵渎那本应好好善待好好体验好好爱惜好好欣赏和记忆"存盘"的好人儿。

我是在一个以女工为主的工厂工作。从我到厂报到的第一天起就有许多异性的眼光打量着评估着我。我不算高大但也有一米七三的身量和六十二公斤的体重。从我到纺织厂的第一天就开始有人给我介绍"对象"，一个都没有成功。我的心中似乎总是有一个人站在那里。岁月蹉跎，我直到"文革"结束以后才结了婚，我的妻子端庄美丽，婚后我们俩的感情非常好。但是愿妻原谅我，在那次划船以后，我从来没有过那种漂浮在清波之上也许是情波之上的经验，那种热烈如火，充裕如风，快乐如等待春雨的草地，激动如被追赶的与追赶别的小鹿的小鹿的经验，也是今生不再的了。

十

一九六〇年四月，我国的报刊上发表了纪念列宁诞辰九十周年的三篇文章：《人民日报》的《列宁主义万岁》，《红旗》杂志的《在列宁的革命旗帜下团结起来》和中宣部长陆定一同志在首都各界纪念列宁诞生九十周年的大会上的讲话《沿着伟大的列宁的道路前进》。苏方以此为借口，撕毁多种协定，下令撤回所有的苏联专家。我国广大党员、干部、群众，同仇敌忾，宁可节衣缩食，勒紧裤带，一致决心与苏联现代修正主义斗争到底。

那个年代的特点之一就是怕什么有什么，喜什么毁什么。你喜爱一些作家，就把这些作家打成狗屎。你害怕供应匮乏，就号召你把已经限了量的同时已经发给了你的布票交出来。你不是当真崇拜和热爱苏联吗？那么实话告诉你，苏联是王八蛋！我好像也就悟出了这个道理，也就理所当然地承认——谁能不承认——中苏两国两党一下子从亲密的战友变成了不共戴天的死敌。

至于喀秋莎呢，好在毛主席有话，说是劝同志们相信（看来有许多同志们不相信，才需要主席"劝"哟！）苏联人民，苏联共产党党员的大多数是好的，是要革命的。

我也不知道我是否相信或者是否需要相信喀秋莎是要革命的。中苏友好已经是一场春梦，《大学生之歌》已经是一场春梦，从喀秋莎到《纺织姑娘》已经是一场春梦。梦醒了就不要再对梦境依依不舍，梦醒了又何必对梦中的故事那么认真？

谁想得到，苏联专家全部撤退之后两个半月，盛暑之中领导找我谈话，说是从苏联给我寄来了一个邮包，邮包是卡杰琳娜·斯密尔诺娃从列宁格勒寄给我的。

绰号小皮球的翻译在场，她的样子颇有些激动。她说，根据她的判断，卡杰琳娜是苏联特工人员。她当面揭发说，她从一位原专家那里，看到了我与没穿衣服的卡杰琳娜的船上合影，卡佳的（她指一指自己的胸口）这里和（她指一指自己的腚）那里都露出肉（没穿衣服，还有什么露不露的？）来了。她义愤填膺。领导紧接着语重心长地说："大是大非的问题上，同志，你不能栽跟头呀！"

领导提醒我，我的问题不是偶然的，早在一九五五年，我就擅自邀请那个苏联人去给共青团员作报告，"没有一点界线了，那怎么行？"

所有的材料都贮存在那里，现在，全部派上用场了。

我一下子脸就红了。我自己明白，我完啦。我的心情就和一个当真里通外国的奸细被人抓住了证据一样，我甚至于张不开口说明那天是怎么回事。而按皮球的说法，卡佳"没有穿衣服"，这太骇人听闻。我的经验是，在这种情况下我已必败，用后来学到的台湾国语说已经"死定了"，如果我强调她并非裸体而是穿着完整的泳装，除了证明我态度不好和狡辩，还能有什么用处吗？

另一条船上的专家组长给我与卡佳照了一张照片。这张照片给我找了太多的麻烦，我的生活从此走向了蹉跎直至危难——这样的故事了无新意，容略。

使我难忘的是那个包裹。我当着领导与皮球的面打开了它，里面竟是——对不起，喀秋莎和俄罗斯——相当劣质的黑乎乎的粗粉条和一广口瓶咸菜。

这就是苏联的副食？这就是苏联的礼物？这就是喀秋莎的馈赠？我们在莫斯科餐厅吃过很好的俄式大

菜呀。

这里还有一个最最不可思议的谜：我虽然俄文并不过关，字母还是会认会读会拼的。我翻遍了那个倒霉的包裹，没有王也没有万或者哪怕是吴或者翁，我没有从包裹的收件人栏那里找到自己的名字哪怕是类似自己的名字，也没有从寄件人那里找到或卡杰琳娜或斯密尔诺娃，或二者皆备，或卡佳，或喀秋莎的名字。俄国人的名字再复杂，包裹表面再磨损，我的俄语再差，我相信我是能够分辨我们两个人的姓名的。恰恰相反，我从包裹收件人栏读到的模糊不清的字母更像是皮球的名字。在我拿起包裹看个不停的时候，皮球大喝一声："看什么？还想念你那个苏联女特务吗？"

论级别皮球连科级都算不上，而我当时已经是正处级了。她怎么敢对我这样吆喝训斥？问题是我与穿泳装（进行日光浴）的斯密尔诺娃划船事发，该死的专家组长那天确是高举着卓尔基相机对着我们的船照过相。

我是肚里有鬼（毛主席说愈怕愈有鬼），根本不敢分辩。我已经头昏脑涨，我想到的比已经发生的竟然还糟，我想如果领导让我交代粗粉条加咸菜是什么密电码，那可怎么好？在阶级斗争民族斗争国家斗争你死我活的时刻，有这种问题的人先枪毙再定案也不是不可能的。我想着唯一的活路是过两年发生与苏联现代修正主义的战争，给我一个炸药包吧，我准备连炸二十辆苏联坦克。还不行吗？

条条大路通向失事和坠毁。条条道路都可以叫你完蛋。"反胡风"和"肃反"中我基本无事，"反右"中我侥幸过关，"反右倾"中我也只是自我紧张了一下而已，这回，我可是跳到黄河里也洗不清了。

这以后的种种遭遇乏善可陈。有一点变化，从此我喜爱起吃粉条来了，没有"思想动机"，只是口味上爱吃。我一直纳闷，俄罗斯的粉条到底是什么味道呢？

# 十一

在我的青年时代，普希金的诗句"一切都是瞬息，一切都会过去"令我感动得涕泪横流。其实那时候我并不拥有多少"过去"和"亲切的怀恋"，我也体会不到一切都真的是瞬息，那时候我本应该以为瞬息就是永远，青春就能万岁。为什么我过早地感到了生命的瞬间性，并为它而落泪了呢？不是吗？我们都有过童年、少年、青年时期，我们都有过早恋、初恋、爱情、婚姻，我们都有过幻想、追求、热血沸腾、梦，我们都有过巧遇、艳遇、好运、厄运，我们都碰到过好人、恶人、傻人、情人和仇人，后来呢，它们都变成了历史的瞬间，都过去了。它们来的时候你没有做好准备去迎接，它们已经占领了你的生活，它们已经牢固地站立在你的生命里，然而你不知道一切是怎么回事。有许多好事似乎与你失之交臂，许多坏事硬是缠住你不肯放手。你希望它

们过去它们不在的时候它们死活不肯退走。然后等它们
过去了不在了，你甚至不明白也不相信，你甚至不甘
心：像影不离形一样地陪了你半辈子的麻烦和遗憾就这
样不知不觉地过去了——没啦？而与麻烦与遗憾与幼稚
与愚蠢同时过去的还有你最宝贵的生命，最刻骨铭心的
爱。你同时也不明白，你的期盼在迟了比如二十年以后
到来了，这是值得庆幸呢还是活该为之一恸！

一九八三年，我率领一个民间友好代表团去关系开
始解冻的苏联访问。最哭笑不得的是走以前领导打招
呼，说是前一段苏方民间团体来访，我们的同志称呼他
们先生、小姐、女士，苏方对此做出了痛苦的反映。如
此这般，我们出去见到他们就叫他们同志吧。

"我们骄傲的称呼是同志，它比一切尊称都光荣"，
杜那耶夫斯基作曲的《祖国进行曲》这样唱道。我乃莞
尔。但是另一个部门的一位不大不小的领导却把我们团
吓唬了一顿，他大讲苏联的KGB，听他的口气似乎苏

联KGB已经为我们的到访布好了迷魂阵，准备在我们身上大搞策反、刺探、拐骗、欺诈和美人计，这次访问完了不一定能够安全回来几个人。他特别提到KGB有一个绰号白天鹅的女间谍，已经拉下了好几个中国官员。他那种父母用拍花子的故事吓唬小孩的口气使我反感。好赖我也是"老革命"、老党员而且也算个人五人六，你是什么东西用这种口气对我讲话？我冷冷地回应说："我建议取消这次访问作为对于白天鹅的回敬，搞得神经这样紧张还不如不接触。"我回过头对我们的团员说："我看，你们都还缺少与KGB斗争的经验。"

怎么说呢？希望访问苏联已经希望了三十多年，等待了三十多年，等得苏联从天堂变成了地狱，又从朋友变成了敌人，从战无不胜的马克思列宁主义变成了修正主义又变成了社会帝国主义岂有此理。然后不知道变成了嘛主义，然而还得称呼他们"同志"，等得克里姆林红星下面站着的不是十月革命的英雄而是色情间谍白天鹅。也许不仅有关苏联的事情是这样，我这一辈子的大多数事件莫非如此：兴致勃勃地朝也盼晚也盼的时候，你的愿望是不可能实现的；而等到你心灰意冷，什么味道都变了以后，从前想过的盼过的都来了，来了也没有当年的感觉了。用相声演员的说法，叫作有牙的时候没有花生豆，有了花生豆的时候呢，您已经没有牙啦。

于是到了八十年代，我们一面绷紧神经弦准备迎战白天鹅——窃想当真碰到白天鹅倒也挺妙，也算难得的机遇呢，一面与苏联同志回顾和展望中苏伟大人民之间的友谊。我在电视新闻里已经看到了陈云同志与原苏联在华专家组长含泪热烈拥抱的场面，我百分之百地相信二位拥抱的时候百分之百地真诚与动情。

而踏上一九八三年的苏维埃社会主义共和国联盟的土地使我欣慰而又忧伤，满足而又失望。边防人员用那样的神气检查我们的护照，他抬起头盯视再打量了我十三次才承认我就是护照上的那个同志——家伙，来到世界上四十多年，我从没见过自己的面孔能够引起这样热烈和深刻的兴趣。到了旅馆又用了一个小时办理入住手续，而且人一进旅馆护照就押在了旅馆的总服务台。服务员的恶声恶气我当然不应该觉得奇怪，但是我不希望苏联是这样，我宁愿承认服务不好是中国的独一份。许多许多东西都是傻大预粗，街上的公用电话亭里的电话机完全像一个健身用的哑铃。公共场所人们挤来挤去推推搡搡。最令我难过的是我发现《列宁山》这支歌比真实的列宁山与莫斯科大学更动人。莫斯科大学的建筑显得傻气。

当我们回忆少年的时光，

当年的歌声又在荡漾……

《列宁山》的歌词是这样唱的。歌声或许依旧，当年的列宁山却不复存在。

歌声其实也不同了，当我听到乌兹别克斯坦的摇滚乐队用架子鼓、电吉他、响板演奏《喀秋莎》的时候，我不知道我是重新得到了喀秋莎还是失去了她，也许真正失去的正是我自己吧。

但这毕竟是我向往已久的莫斯科。克里姆林宫的红星如我熟悉的影片上表现的那样昼夜闪耀。假日闲逛的退休职工胸前戴满了在伟大卫国战争中赢得的勋章。莫斯科河畔有许多悠闲的人垂钓。到处都有革命的标语而没有任何商业广告。莫斯科郊外的树林和草地宽敞清静。到处都能听到似曾相识（却也是面目全非）的苏联群众歌曲。莫斯科大剧院和多次在影片里看到的一样辉煌灿烂，我在那里看了格林卡的歌剧。到处都有列宁的姿态各异而神情伟大智慧神圣永远不朽的铜像。我们也看到红场上的列宁墓，看到墓前庄严矗立的哨兵，看到漫长的庄严的排队瞻仰列宁遗体的队伍。那么斯大林呢？咒骂赫鲁晓夫是没有用的，是时间和真相使我们的斯大林一去不复返啦。我们就是那样慢慢地残酷地长大的。

在苏联待了十几天，每天都问自己：这是苏联吗？这是我无限向往后来又是十分警惕，让我快乐也让我倒霉的苏联吗？这是我自己吗？我是来到了苏联了还是永远地失去了苏联了呢？我的青春的幻想和梦，能在这里寻到几分？《喀秋莎》和《红莓花儿开》，《三套车》和《纺织姑娘》，《列宁山》和《灯光》《海港之夜》还在这方土地上吗？

讲了友好也不无交锋，我不会让习惯于充当教师爷的苏联官僚在与中国人打交道中占到任何上风。当苏方外交部一个什么人给我们的代表团大讲要以阶级分析的马克思主义观点分析国际形势，不要企望靠资本主义大国的帮助建设社会主义的时候，我回敬说："我们的方针是自力更生，因为朋友也有背信弃义的可能，我们中国人是有经验的了。"还有一次一个什么苏方大一点的官员说是接见我们，到了点他不来让我们在会见室等候，我干脆离场去隔壁喝咖啡去了，虽然那是我此生喝过的最坏的咖啡之一——另一种最坏的咖啡是五十年代上海出产的方块咖啡茶。我并通知苏方工作人员，二十分钟后我必须离开这里，因为几点几分我要等北京来的重要电话。为了表示我对苏方官员与我们会见不守时刻的不快，我把原来计划的交谈从三十分钟缩短为十分钟。就在他滔滔不绝地大讲苏联是反对帝国主义殖民主义和战争势力的中坚力量的时候，我不停地看表以示不耐烦，然后吹几句中国改革开放的伟大成就，指出如果社会主义不能解决发展生产力的问题，就无法站住脚……不等他明白过来滋味，我起身感谢东道主的热情款待，立即告辞，转身离去。

此前此后我也想到过喀秋莎，我想我们已经各自消失在自己的伟大国家伟大人民里头了，现在只有两大社会主义国家的奇特关系，而没有"王、万"和"卡佳、喀秋莎"了。

然而行前妻告诉我她相信我将会在苏联见到喀秋莎。妻有时候有一种强有力的和莫名就里的预感，强有力的和直觉的自信。强有力和直觉本来就是孪生姐妹。她曾经说过我们的儿子将会在少年围棋大赛中获得第三名的成绩，结果就是得了第三名。她曾经说过我们将会在一九八三年搬进新居，后来果然实现了。其实她预感了的却没有实现的也未必没有，但是她只记忆自己预言对了的，这样她就愈来愈相信自己。有什么办法呢？女人身上总是有一点灵气或者巫气的。

在我出发的那天早上，妻突然说："是的，你将会看到卡杰琳娜·斯密尔诺娃……"我与她争辩，没用。妻而且为我想好了礼物：我的祖父留下来一只景泰蓝怀表，她建议送给喀秋莎，不容分说，她将怀表塞到了我手里。

我也不知道为什么，我一直想和别人谈谈喀秋莎的事，我始终找不到可以谈这个话题的伙伴。直到"文革"结束，我认识了后来成为妻子的这个大龄未婚的女子。我第一次约会就与她说起了喀秋莎。她后来说，她正是由于这个她喜欢听的故事才最后成为我的妻子的。

到了莫斯科我鼓了几次勇气想对接待单位提出寻找和会见卡杰琳娜的请求。终于没有说出来。三天后我们去了乌兹别克和格鲁吉亚加盟共和国参观访问，我对与喀秋莎见面完全未做努力也完全不抱希望。这样，当我从斯大林的故乡，从至今还保留着山峰上的斯大林铜像的唯一城市第比利斯回到莫斯科，在各项日程结束离开苏联的前夕，我突然接到喀秋莎的电话的时候，一听到她的声音——我一声就听出来了，虽然她的声音已经苍老和沙哑多了——我流了泪。她在电话里也激动地啜泣起来。她在电话里不停地唱着《纺织姑娘》，她怕我听不明白，又用半中半俄的腔调喊道："莫斯科—北京！斯大林—毛泽东！"

依我的计算，这一年她应该是六十四岁。俄国人老得比东方人快，她满头银发、满脸皱纹地来到我住的地方，当着我团的翻译的面拥抱了我，我叫了翻译来一起与她见面，与其说是为了语言不如说是为了不要有什么说不清楚的事发生，虽然她不可能是"白天鹅"。她吻了我的两面面颊，我也吻了她的手和额头。虽然形同老迈，她也稍稍胖了一点，可以看到她的双下巴，她的头发也远比过去稀疏，剪得短短的，像男孩子，但她的身材依然美好，她的头发虽白却相当有光泽，银亮银亮，她的动作也还好。只是她戴着一副红塑料框淡茶色眼镜，使我看不清她的眼睛，给我增加了距离感。即使在她吻我的面颊的时候，我也觉得我们中间相隔着一架质量低劣的眼镜。她说这两年两国恢复人员来往后，她一直注视着中国来访的客人，她终于等到了老朋友老同事。她说她六十年代后期就从列宁格勒迁到莫斯科来了。她说她一直参加苏中友协的活动。她说："无论如何，我这一生中最美好的时期是在中国度过的，我在中国过了五年，我的黄金时代是在中国，那时候中国革命刚刚大获成功，新中国建立不久，社会主义阵营一下子变得那样强大，中苏团结牢不可破，我们的理想多么美好，你们多么高兴，我们多么高兴，我们多么有信心，中国同志对我们有多好！"她流泪了。

　　和她一起前来的是一个矮胖的老头，手上胳臂上露着青筋，样子像是一个搬运工人。开头，我以为是她的丈夫，她解释说：这是她的一个邻居，这个老工人模样的人正是歌曲《莫斯科—北京》的词作者。老工人激动地说，自从苏中交恶以来，他的歌没有人唱了，他很悲伤。现在可好了，他希望两国人民团结起来，与美帝国主义战争贩子做斗争。说着说着他唱起了《莫斯科—北京》，他说起话来也还是那种大声疾呼而又空空洞洞的样子。直到这时我才发现——当然我不会讲出来，《莫斯科—北京》的歌词实在不能说是写得很好，那词写得相当教条，大而无当。当时呢？我们都爱唱，大而无当也是来自生活，来自生活的要求，教条在一开始也可能是充满生命力的真理。看来此位苏联同志的大脑还停留在三十年前，我便向他连连点头，表示礼貌和感谢。

我问卡杰琳娜的生活，她说她有一个女儿名叫斯薇特兰娜，在远东工作，但每年枞树节都来看她。枞树节其实就是圣诞节，由于苏联不提倡宗教，便称每年的十二月二十五日为枞树节。我立即问她女儿的父亲呢，卡杰琳娜显出了我所熟悉的那种从甜到苦的微笑过程，她回答说："涅特（不），她并没有父亲，我也没有结过婚。"于是我连连道歉，并且慌忙拿出送给她的景泰蓝小怀表。我强调说这是我的妻子送给她的，她早就预言我们将会在莫斯科见面。她又笑了一次，而且这次笑得并不怎么苦了。

她拿出了给我的礼物，我几乎惊叫起来，是一包黑乎乎的粉条和一瓶腌咸菜。她说她记得我最喜欢吃粉条，她希望我尝一尝苏联的马铃薯制粉条，颜色虽然发黑，吃起来很有劲的。至于咸菜，那是她自己腌制的。

这简直是天大的误会，我什么时候特别爱吃粉条来着？她怎么可能知道我爱吃什么？莫非她第一次找我谈青年监督岗的活动问题时我的桌子上摆着一碗粉条？如果是，那碗粉条也不是我从食堂购买的。但是我完全没有机会也没有必要和可能盘问她，世上的那么多事确实是宜粗不宜细哟。

我睁大了眼睛只顾问她，一九六一年她是否给小皮球或者厂里的什么人寄过同样的东西。她笑起来，她说："是给你寄的呀。"

我也连声说"涅特"，我说："包裹上写的好像不是我的名字，也不是你的名字。"

她笑着说那时苏联的报刊拼命宣传中国面临的饥荒，她不知道怎样表达她对我的想念和关切。她说她了解中国，她知道那时候她如果给我寄东西会给我带来麻烦，因为我不是专职的外事干部，不宜与外国人有什么个人联系。而皮球不同，皮球是专门做外事的，而且在临别前对她保证过，永远是她个人的最最忠实的朋友，她便寄了两包东西，一包给皮球，一包委托皮球转给我。"你收到了吗？你吃了吗？你喜欢吗？"

至于她的署名问题，她解释说，为了减少麻烦，她是委托她的一位在内务部工作的熟人交寄的邮包。"你懂，你当然懂。"她用中文说。相隔这么多年，她的中文倒比过去好多了，看来，她当真是没有忘怀那团结亲密的五十年代。

说到产自苏联中亚地区的粉条，她立即不再称呼我"您"而改成"你"了，这在俄文里是很有讲究的，这表示了许多的亲昵。我心里立即热乎起来了。

我说什么呢，故人相遇，别来无恙，我想着"人生不相见，动如参与商"的杜甫诗句。已经是意外的惊喜了。而且，看来皮球把那个包裹说成寄给我的，基本属实，倒是我对皮球（从这一刻起我觉得她也早就不"小"了）一直怀疑着厌恶着。既然喀秋莎对皮球一直保持着忠实的友人的印象，就让她对一个中国人的美好印象继续保持下去吧，毕竟叫作"内外有别"呀。于是我对她提的问题一律微笑着开心着做出了肯定的回答。然后我拿出了我的全家福照片。这一瞬间，她忽然显得年轻了，她终于给了我一个与原来差不多的如歌声中春光中的喀秋莎。

在了解了我们第二天是下午五点的飞机起飞离境以后，卡杰琳娜坚决邀请我去她家吃一顿饭，这又使我紧张起来，我看着翻译，翻译看着我。在那个时期，我不知道怎么样回答好。当然，我是团长，翻译不可能反过来主我的事。慌乱中我提出如果去，我们一团七个人必须都去。卡杰琳娜怔了半秒钟，答应了。你也懂，我无声地说。

我感谢上苍，感谢中国革命和中苏友谊，感谢邓小

阳光下 / 2008年 / 46cm×70cm

空谷 / 2008年 / 46cm×46cm

平和契尔年科，我们在卡杰琳娜·斯密尔诺娃同志（临行前领导关于对于苏方人员称谓问题的指示是何等的英明正确）狭小的，然而是设备齐全而且一尘不染的家里度过了快乐的三个小时。卡佳同志做了那么多好吃的招待我们，其中有一个大馅饼，又厚又大，馅里有肉有干果有鲜菜和干菜有鱼还有果脯，堪称万物皆备于饼，其内涵足够五个人的一顿饭，其能指是英特纳雄纳尔，以天下为己任。看来我当初认为她拥有的最好的食品就是黑粉条，这是饮食沙文主义，未免太低估人家了。

见是我的老相识，我的代表团里的同志们也与卡佳十分友好，他们提出来要听苏联老唱片，要听《萧尔斯之歌》《共青团员之歌》，要听《游击队员之歌》《太阳落山》，要听《喀秋莎》和《夜莺啊夜莺》，也要听影片《库班的哥萨克》（即《幸福的生活》)《明朗的夏天》《光明之路》《马克辛三部曲》……的插曲。

卡佳眼光闪闪地感动地说："如果不是你们提出来，

这些歌我早已经忘记了。但是，很抱歉，我没有这些唱片……"

她唯一有的是《纺织姑娘》。放起了这个民歌，她问我要不要与她共舞。我犹豫再三，和她跳了几步，自己绊了自己一下，一个趔趄，我面红耳赤地停了下来。喀秋莎的脸也红了。全不相似，上哪儿再找当年的感觉去？

全体中国同志跟着她的唱片高声齐唱《纺织姑娘》，像是唱《国际歌》，然后干脆请她停止了唱机的运转，我们大家一起唱了所有我们五十年代爱唱的苏联歌曲，一面唱一面喊着："索洛维约夫·谢多依！""杜那耶夫斯基！""格拉祖诺夫！""聂恰耶夫！""尼基丁！""费奥多洛娃！""拉希德·培布托夫！""庞雅特尼斯基！"……

临行时我又与喀秋莎热烈地拥抱了一次。我忽然明白了，她说她一生中最美好的时光是在中国度过的，这不是外交辞令，不是拣好听的说，不是不爱她自己的祖国，她也完全不是亲华分子，也不等于她对那些年的苏联对华政策持有异议。她说的是那个年月、年龄、气氛……就是说青春、友谊、信念和献身的热情。如果我说我的一生中最美好的时光是与苏联一起度过的，别人能够理解吗？人们会不会以为我是斯大林主义分子或者更坏是现代修正主义和俄国沙文主义社会帝国主义分子？

在吻别的时候喀秋莎摘下了她的眼镜，我看到了她的美丽的眼睛——也许现在已经不那么美丽了吧，更看到了她的苍老，她眼角的皱纹显出的是憔悴和孤独，是沉重依然的岁月，如果不说是干枯和荒芜的话。这令人不能卒睹。

"如果我们一直友好，那有多好。"她喃喃地说。突然，她泪如雨下。我赶紧转过了脸，我怕我不能自持。

忍住了下落的泪水以后我解嘲说："卡佳同志，你应该比我们更熟悉获得奥斯卡金像奖的你们的电影:《莫斯科不相信眼泪》。"

"你也不相信我的眼泪吗?"她睁大了眼睛问我。我一下子也流泪了。

她显然不是政治家,虽然年轻时她做过基层的共青团书记。我呢,我这一辈子活得够政治的啦,然而,我也确信,我的政治素质与政治修养远远没有做到合格,真是辜负了培养、信任和期望呀。

"祝你和你的妻子永远幸福,我喜欢你们的怀表……"她追着已经走出她的房间的我说,我也连连感谢她的粉条。

# 十二

激动和快乐中我忘记了把最重要的细节记下来,在一九八三年莫斯科两次与卡杰琳娜会面,我都发现了一个与其说是令人警觉令人愤怒不如说是令人忧伤的情势：就是说，这位苏联同志，在我们的宾馆和在她自己的家里，时不时地拿起一个小小的（六十四开大小吧）红皮笔记本记下什么来。显然，她是在记下我们的话。除了拥抱的时候，流泪的时候她放下了笔记本以外，她一直拿着笔记本。她要汇报吗？有这个必要吗？她要留下记录作档案？个人档案还是国家档案？她和她的同胞都有记录癖都是汇报狂吗？这次整个的访苏过程中，几乎所有与我们接触的苏方人员，在与我们谈话的时候，都是一面听我们讲一面做着记录。也许伟大的苏联实验的失败与他们的全民忙于记录有关？为了跟上我们谈话的速度，他们捏紧钢笔，龇牙咧嘴，用力气的样子庶几与便秘患者排便的状态相近。他们总不至于在散步的时候唱歌的时候跳舞的时候做爱的时候做记录吧？我并不因此怀疑他们的身份，我想如果他们包括卡佳同志是白天鹅一流具有特殊身份的人物，他们反而不会当着我们中国同志的面记下什么来了。在卡佳记录我的说话的时候我想起了当年使她脸红的我对于与谢米恰斯特尼座谈的提及。后来，谢同志是KGB的首脑。是KGB培养了全民记录的习惯？他们视此是这样的自然，就是说与外国人说话要做记录已经成为他们的方式，已经（用林彪的话）融化在血液里落实到行动上了，已经成为日常生活了。因此他们完全可以当着被记录者的面大张旗鼓地做记录而毫不避讳更毫不尴尬。正如我也十分正常地在第一次与她见面的时候找上翻译在场，而第二次去她府上的时候干脆找上全团人马一样。

这次的访苏之行中，苏方只有一个人在与我们打交道的时候没有做记录，他就是《莫斯科—北京》的歌词作者。当然，我对他毫无怀疑，我打算回去举他的例子向领导报告，我们将论证：广大苏联人民仍然对中国人民怀有深厚的感情。

# 十三

在莫斯科与伏努科沃机场之间，是一大片树林和青草地。我没有看懂那是什么树——在喀秋莎说过"你懂"以后，我特别喜欢用这个"懂"字了——它不茂密也不算兴旺。我相信那不是苏联小说喜欢描写的白桦，不是金合欢也不是枞树槲树，我没有根据地认定它应该是山毛榉。那草地与我在美国和欧洲常见的经过精心修剪的平整如镜和碧绿油光的草坪大异其趣。它显得荒芜粗糙，大而无当和缺少照看。许多年后，当苏联不再存在，我从叶利钦前总统（当我用五笔字型输入"总统"一词的时候首先出现的是"总编"一词。我后来再看不懂俄国的"总编"在编一本什么样的书啦）那里学到了这个词："照看"。要"照看好俄罗斯"，新千年到来的时候老叶辞了职，他拉着代总统普京的手，这样说。我听了也为之动容。

一九八三年六月底离别莫斯科的时候，我看了好半天市区与机场之间的大片山毛榉与青草。我感到了一种对于没有好好照看然而保持着自然的魅力和分外阔大的胸怀的俄罗斯的深情。毋宁说，由于照看得马马虎虎，她更加惹人爱怜，引人注目。她本来应该生活得更好些照看得更好些。夕阳照耀在随随便便生长着的植被上，光与影都很强烈，北方的干燥的夏天其明亮大大胜过了赤道线上。纤毫毕现的俄罗斯大地裸露着自己的天真，热烈，浪漫和辽阔广大。这块土地上发生的事情与我们这一代中国人仍然息息相关。

我们的飞机一个劲地向东飞行，我想起了苏联歌曲《到远东去》：

明天我们就要远航，

飞机一清早就飞走，

那里流着黑龙江啊和那姐妹河。

飞过贝加尔飞过大草地，

我们的飞机在大森林中穿过……


我怀疑，除了我还有几个人包括苏联人会唱这首歌。飞机怎么穿过森林呢？胡乱的翻译也损伤不了苏联歌曲的感人。多么巨大的国家巨大的土地巨大的胸怀和巨大的悲剧巨大的失落呀，露西亚！

我觉得露西亚比俄罗斯的译名更好，在与喀秋莎结识之后，我最爱唱的歌曲是：


我曾漫游过全个宇宙，

找不到一个爱人，

如今在我的故国露西亚，

爱情却向我呼唤……


歌词译得有点生硬，生硬得使我想起苏联版的中文配音故事片，我怀疑最早到俄国去的华工都是山东人，所以会说华语的俄国人配的音带着山东味儿。但是这些影片和它们的歌曲都非常阔大，自豪，有胸怀，有活力。

我们在傍晚七点二十九分起飞，比预定的起飞时间晚了两个多小时。有什么办法呢？从来到苏联，几乎一切活动都不能按时举行。由于图波列夫飞机安全方面的记录不够理想，我苦笑了一下，默念着祈求保佑。《喀秋莎》的最后一句歌词是"喀秋莎爱情佑护着他"，少年的我太过革命，我对于佑护二字心存疑惑，觉得这两个字的宗教意味太浓。莫斯科的六月每晚近十二点才天黑，可能午夜两点曙光就萌现了。旅馆里的窗帘又薄又烂，我在苏联差不多是夜夜失眠。傍晚七点，我们起飞的时候到处仍然是明媚的下午阳光。我们从西向东飞，迎着太阳的相对运动的方向飞，飞了一个多小时，已经是红霞满天了，就是说由于时差，我们飞机下面的地面应该已经是晚十点左右了。太阳迅速地接近地平线，我看到的是一个橙红、结实、结构严谨的思想者类型的火球。红霞开始变紫变蓝变黑，天上横横地一道又一道子，天空像是五光十色的大海。远处的地平线的颜色愈来愈浓重，浓缩的太阳一下子就沉进去了。你的心随之咯噔响了一下。太阳沉下去以后，天空仍然分布着红紫蓝黑的云霞，云霞背后也还有一点尚未完全变暗的天空，这遗存的些许澄明仍然显示着太阳的力量。然后，澄明渐渐模糊，云霞颜色渐趋一体，天完全黑了，夜幕当真把天空遮盖得严严实实了。整个进程却比我预计的慢得多。

这一切都与往常与我们的经验相符合，虽然过去我们没有如此切近地送别过太阳和白昼。蹊跷的是过了一会儿，也许只有五分钟，也许稍稍长一点，甚至已经是过了一个小时，情况突然变化了，就是说黑洞洞的海一样的天空突然又有了一点亮。太阳下沉以后，一种异样的感觉使时光对于我来说骤然停止了。我什么都想起来了，什么都忘了，什么都感觉到了，什么感觉都没有了，我只是想着喀秋莎想着我们的青年时代想着中国和苏联的人民，想着那些曾经使我们如醉如痴的歌曲，想着我们这一代人的青春。反正我注视落日的目光还没有收回，就在刚刚太阳落下去的地方，我看到了一点鱼肚光。我一阵惊疑，我还以为是机翼的照明灯光一闪。再定睛一看，什么别的颜色也没有，除了一片漆黑仍然是一片漆黑。整个天空就像是黑沉沉的无边无际的大海，太阳就是沉入到这个深广无边无底的大海里去的。然而自从恍惚中看到了那个鱼肚白的颜色一闪以后，大海开始了波动，大海抖颤起来，似乎是吹来了一股微风，似乎是小提琴的颤音使海平面嗡嗡共振，似乎是我的思绪感动了大海。它酝酿着风暴还是酝酿着新生？海运动着憋闷着挤出了一丝绛紫，一条紫灰，一些青绿。空隙开始出现，大海被划开了，这是怎么回事呢？大海沸腾起来了，激昂起来了。红的绿的紫的灰的白的各种浪涛在遥远的地平线上涌起，各种颜色在与沉沉的黑暗调笑或者搏斗。彩霞不在乎漆黑，漆黑堵不住彩霞。彩霞给漆黑捅出一个又一个的洞，并把这些洞联结了起来。彩霞使整个天空燃烧起来。直到又过了几秒钟，后知后觉的我才恍然大悟：这就是日出。晚霞转眼间变成了朝霞，日落之后，紧接着就是不折不扣毫不犹豫的日出了。

这是我生平看到过的最神奇的日出，不是在海上，不是在高山，不是在凌晨被导游或者总机的morning call或者闹钟催起来。与披上皮大衣睡眼惺忪地拼命寻找太阳完全不同，我是在天上遭遇日出。过去和后来看日出的时候最有兴趣之处在于寻找太阳，"哪里哪里？""看"日出的人相互打问着太阳的出处。而在天上，我完全知道太阳在哪里，在北方的夏季，在一无遮拦的天空，太阳只是往黑海里沉了一沉，只是打一个尖，也许是沉到海里洗了一把脸，我要说只是应了一个落日和一天的终结的景，走了一个从昨天到今天过渡的过场，然后，太阳大体上是从原地抖擞精神，霞光万道，仪态万方地重新出现，太阳焕然一新，披霞戴彩。我确确实实地见证了它们是同一个太阳，同一个天空，同一个时间和空间的伟大与包容。我确确实实地见证了太阳无恙，太阳不会总是沉没，太阳落了就马上再起来，太阳喜气洋洋，太阳永远与我们同在。

于是我狂喜地进入了半睡半醒的梦乡，进入了我心目中的苏联胜景，进入了朝霞红日，进入了我心目中的理想国，进入了与喀秋莎的永远的深情，进入了人生所有最美好的向往、最美好的满足，进入了所有苏联的俄国的新中国的歌曲和音乐。我想起了来自延安的一位革命歌唱家的话：中国革命是怎么成功的？是唱成功了的。单纯从军事上说，战胜国民党恐怕大不易。然而，我们的歌一唱，人心都过来了……不信，你就比一比，国民党会唱几个歌？而我们……这里也包括苏联歌曲对中国革命的贡献。我们的青春是高声歌唱的青春，我们的革命是高声歌唱的革命，再没有什么革命像我们的革命一样焕发了这么多好听的歌曲。我们的爱情是歌一样的诗一样的乐曲一样的普希金一样的柴可夫斯基一样的就是说《致大海》一样的《天鹅湖》一样的西蒙诺夫的《等待着我吧》一样的爱情，中苏人民的牢不可破的友谊万古长青！在我梦中与喀秋莎拥抱在一起的时候我竟想起了这个口号。我笑了。口号，套话，意识形态，开始的时候也是来自生活来自真情实感来自我们的梦也来自沉下去一瞬然后立即再次升起来的太阳啊。

中苏人民，牢不可破。牢不可破，对于友谊、爱情、梦想，没有比牢不可破更好的描述词句了。喀秋莎走在峻峭的岸上，歌声好像明媚的春光。而年轻的纺织姑娘，永远坐在窗旁。青春会逝去，友谊会碰上难测的政治风云，口号会生锈，连爱情也会衰老。只有歌声，永远与太阳同在，将将沉寂，立即重现光辉。明媚如春光的歌声就是牢不可破。

# 十四

我已经说过，喀秋莎餐厅一进门要往下走几级台阶，我称这个摆着一个茶几、一个花瓶，通常插着一束鲜花，摆着一些商务名片以及送给顾客的诸如书签、钥匙链等小纪念品的地方为"门池"。再往上走几级，你才来到了用餐区域，用餐区也是高低不平的，给人以参差感。而最大的两张长桌子是摆在更高的一级台子上的。这样，这个餐馆便显得很立体，进门后的"池子"，也就变成了一个准备，一个外部世界与小小的餐馆之间的间隔，一个类似医院的候诊室与当年的莫斯科餐厅的候餐室式的地方。所有的顾客都不由自主地会在这个间隔处略略停顿，休止半拍，整理仪容，审视环境。而这样做的最起劲的是那位点唱过《列宁山》的仪表堂堂的老年男子。下面我愿称他为白发靓佬。我说不清是嫉妒还是轻蔑，是皱眉还是——欣赏。只要我到这家餐馆在先，我就会时不时地把目光投向门池，我等待着看这位老哥的到来。他的出现往往具有一种明显的表演性，他穿着得那样讲究，如果不是暴发户、推销员的话那就是孩子似的天真地热衷于追求时髦。他一下到门池，就会把挺大的头颅一甩，桀骜不驯地四下一看，挺一挺胸，扬一扬脖子，不屑地一笑，抽一抽鼻孔，略歪着头，或者用左手捋一捋头发，而最过分的是，他在此时会把半只右手揣到裤兜里，然后目空一切地向自己认定的很可能是预订好了的桌台走去。他的步子迈得极大，似乎是有意让别人知道他绝无小儿麻痹的病史，而迄今也没有患关节炎或帕金森综合征。而他的到来会引起店方的一阵骚乱，老板和女会计，所有的服务小姐先生，都以一种惊喜的呻吟——这种声音通常是做爱成功的时候才会听到或者发出来的——表示对这位贵客的欢迎。尤其

是——最可恼的——所有已经坐下吃上的客人，也都把
谄媚的、惊叹的、羡慕的——如果不是嫉恨的话——目
光投向了他。因为他的虽老犹帅得呆，更因为他的从每
一粒纽扣每一根头发和眉毛里，从一举手一投足一转眼
珠里透露出来的良好的自我感觉。我讨厌这个人的时候
想起了一个不伦不类的比喻：我是以一个正直的乞丐注
视花天酒地的强盗、一个阳痿患者观看花花太岁的心
情，以一种市场经济以来什么好东西都失落了的忧世情
怀来看着他的。

他常常带着一个比他年轻许多的女人到这里吃饭，
那个女人的外表、穿着与举止都还不差，只是多了一点
与她的年龄不相符的娇滴滴，正如她的脸上似乎是多了
一点脂粉，其实我并不反对女人乃至男人打扮。因此，
我总觉得他们二人不会是原配夫妻，他们的关系反正不
符合过去直到今天的道德规范，却符合通俗文学和市场
炒作的需要——正是为了这，我才请他们出场的。现在

社会上有那么多不符合规范但也不受规范限制的事情在公开场合出现，我实在不知道这算不算一种例如在人权和解放思想方面的进步，或者是堕落、是应该苦苦抵抗的投降？

这天晚上他没有来到他们俩通常喜欢坐的三号桌，那个通常伴他吃饭的女人也没有来。

三号桌的最大优点是位于餐厅最隐蔽的地方，适合于坐在那里观察别人而不受别人的观察，那里也离俄罗斯的乐手歌手很近。这使我觉得这个家伙既喜欢招摇过市，又喜欢躲到角落里方便行事，他应该是一个攻守兼备型的文武全才人物。

而这天晚上他来到的是一个事先准备好了的特大长桌，特大长桌摆在全店最显赫的位置，可说是正面对着表演区的高台包厢。那里摆好了二十份餐具餐巾餐椅，给人一种先声夺人的感觉。他老兄一到先要了一瓶金装伏特加和一碟黑鱼子，斜靠在椅子上一饮就是一杯。

　　是的，是他请客，来的清一色都是外国人，可能大多是俄罗斯人，也许有独联体其他国家的人，有一个留小胡髭的人长着宽宽的蒙古人颧骨的方脸庞，我怎么看怎么觉得他是哈萨克或者吉尔吉斯。他的客人中唯一的一位女性是个小个子，金发大眼，唇上长着一粒奇大的痦子，穿一身亮闪闪的紧身皮革，上红下褐——对不起，这使我想起著名的荷兰"黄"城阿姆斯特丹在橱窗里招揽生意的妓女。她精神焕发，应对敏捷，状态像是等待比赛的击剑队员。从一到座位她就开始用手机接电话和打电话，不知道是商务确实奇紧还是炫耀她的其实型号早已过时的"大哥大"。她的俄语讲得极快，但我还是听出了钱、卢布、美元、RMB（人民币）还有电脑、数字化、微波、药品、化妆和世界性的动词脏话等词汇。她的卷舌音发得奇佳，舌头颤得我心潮激荡。我觉得听俄国倒姐的卷舌音与听弗拉明戈的踢踏舞的感受相差无几。

阳光下游泳的男孩 / 2008年 / 46cm×69.6cm

自然 / 2013年 / 87cm×54.6cm

这一桌上有好几个"老外"吸烟，闹得餐馆里乌烟瘴气。我们的城市其实是公布过禁止在公众场合吸烟的行政管理条例的，但是没有人执行。这使我想起了一个新加坡朋友对中国的评价：中国是世界上最自由的国家，因为他曾看到在首都机场，人们包括一位机场工作人员在中英文两种文字书写的"请勿吸烟"的牌子下边喷云吐雾，而最后，这位新加坡朋友寻找一个无烟区的目标是在挂着牌子的"吸烟室"里达到的，只有在吸烟室里，确实没有一个人吸烟。当然，这是说的八十年代的情况。我几次想提醒白发靓佬，请我亲爱的俄国与独联体弟兄不要吸烟，最终还是忍住了。我感到的不是生气而是悲伤。

这一天晚上他们这一桌占据了餐馆的中心，以致所有其他顾客都感到了一种压迫，如果不是感到荣幸的话。连同俄罗斯姑娘的演唱也差不多像是专门为他们举行的，她时不时走向他们的桌边，特别是与那个白发靓佬眉目间似乎有许多交流，令人心烦。

还有一件令我不快的事是这天晚上她唱了许多美国歌儿，什么《泰坦尼克》《贴身保镖》《人鬼情未了》《爱情故事》《回首往事》的主题歌以及《昨天》《雪绒花》《什锦菜》什么什么的。这些歌我都喜欢，尤其是《回首往事》，那毕竟是描写五十年代麦卡锡主义肆虐时期的美国共产党员的故事片。不论美国的还是俄国的总统或者什么政党，谁也抹不掉全世界左派精英的奋斗史，哪怕这些奋斗和牺牲没有获得应有的成功也罢。但我还是惘然若失，觉得此晚自己是走错了门，走到了我没有想到会走到的地方。俄国歌手竟要跑到中国来唱美国的歌，这究竟是怎么了，美国的电脑与喷气客机加战斗轰炸机世界第一，所以唱歌也是世界第一了吗？这个世界就是这么的势利！

俄罗斯唱歌的姑娘还是可爱的，她觉察到了我与妻在此晚的冷落，她给那一桌唱了许多美国歌以后，向乐队做了一个手势，转身走到了我这边，她向我甜甜地微笑，她有一点面色苍白，然而维持着极佳的风度。她开始唱一个苏联老歌《遥远啊遥远》。我学这个歌也比较晚，我想那已经是一九五五年了，在一次郊游时我来到城市西郊的一片柏树林墓地里，我听到了远方建筑工地高音喇叭播放的这首歌曲，我感到了苏联歌曲惯有的阔大光明深情之外还有一些凄凉，我开始预感到了不幸。墓地旁有小溪宛转，有野草闲花，有全市最多的蝴蝶，有入夜歌唱的鸣虫，还有几株高耸的苍劲的迎客松。我想是这几株迎客松决定了这块地面此后的命运。等到"大跃进"开始，这里便动工修建了一座全市规格最高的只接待外国元首和总理首相的花园式迎宾馆，从那时起这里也便是一个戒备森严的高级禁地了。

姑娘唱的《遥远啊遥远》荡气回肠，至少对我来说是这样。它使我想起在从莫斯科飞回北京的航路上看到的落日与朝霞，我不知道人为什么常常会如此软弱，会

以老大之身频频回忆自己的明明未必当真是佳妙完美
的少年时代。曰：此情可待成追忆，只是当时已惘然。
曰：而那过去了的，就会变成亲切的怀恋。

　　在遥远遥远的歌声之后，仍然是《纺织姑娘》。当
《纺织姑娘》的音乐响起来以后，白发靓佬搂着一身皮
革的倒姐的腰下到舞池翩翩起舞了。他们跳得非常好，
只是跳的过程中倒姐的手机不断地响铃。煞风景啊。本
来，我想，我一次又一次地来吃饭听歌，一声苏联曲，
双泪落君前，我老了以后，能找到这样一个地方坐一
坐，回首往事，怀恋惘然，便以为往事非烟，真情永
驻，豪情犹在，青山不老，这倒也是一种享受了啊。但
在靓佬与倒姐闻曲起舞之后，我又忽然不愿意她唱《纺
织姑娘》了，唱得太多一切也会淡化稀薄，成为不能承
受之轻的。我也许更应该把这支歌儿深深地埋在心头。
忘却吧，时时提起时时重温未必就是最珍重的纪念，有
时候最好的珍重是淡忘。一个七十岁不到的人，是难以

体会到这个道理的。

## 十五

　　一九九一年春季，应该说已经是苏联解体的前夕了，我终于在家里迎接了喀秋莎。七十二岁的她的到来使妻兴奋若狂，因为她从来没有见过她。妻连续在家里搞了两天两夜卫生，使我觉得喀秋莎的到来会使我们大难临头。头一天夜里三点四十分，妻叫醒我问喀秋莎来的时候摆厄瓜多尔进口的香蕉还是广西产的芝麻香蕉更合适。我感到糊里糊涂。为了迎接喀秋莎我完全可以拿出奥地利巧克力，巴西咖啡，丹麦奶油饼干，泰国芒果，美国甜橙，澳大利亚樱桃直到以色列的甜瓜，我已经可以把世界搬上我的沙发几。但我又怕刺激俄国人，同时我应该考虑喀秋莎的中华情，多给她预备中国原装的土特产。我讲了我的看法使妻更莫名其妙，妻说：

"唉，像你这样的空谈呀，幸亏喀秋莎没有嫁给你！"

我笑了，笑得从来没有的甜美。

她是随苏中友好协会的代表团来华访问的，在我们这个城市她只留停一天一夜。时间虽紧，她还是一到中国就给我打了电话，并且答应在到达这个城市的当晚的半官方正式宴请之后到我家来。按道理，这样的宴请我也是可以参加的，由于没有得到通知，我也不想硬去凑份子，便在家里静候。幸好中国人特别是小地方人晚饭吃得早，八点半他们就过来了，卡杰琳娜·斯密尔诺娃同志是与他们的副团长，大名鼎鼎的外交官员、汉学家苏萨力一起来的，在场的还有中方陪同人员小赵。苏萨力在我一九八三年访问苏联的时候宴请过我和我的团员，官气十足，络腮黄胡须，挺着将军肚，鼓着腮帮子说话，大讲苏联是一切和平与正义、新生与进步力量的总代表与最强大的后盾。一再提议为明朗的天空（这使我想起"文革"前被我们狠批过的丘赫来依导演的那个同名电影）为女人为鲜花和美酒干杯。他的祝酒词还是富有人情味的，可惜我在苏联各地访问中听到的都是这种如出一辙的祝酒词，这就影响了此公致辞效果。我们的礼貌的交际中不无言语交锋，我强调的是在中国建设社会主义的历史任务只能由中国人解决，中国人靠的是自己的力量和智慧，靠的是自己的从现实中得出的判断。这次老迈的他自己要求与卡佳共访我家，我当然也表示了欢迎。

可能是旅途劳顿，卡佳这次显得特别衰老憔悴，与六年前相比，她已经老得走了形，最可怕的是她走路的僵硬的老态，她已经举步维艰了吗？此次会面后我也感到自己左膝的难于打弯，莫非我受到了喀秋莎的传染？到医院里看外科，医生说："什么锻炼身体呀，全是误导！人老了膝盖的骨膜就会磨损，没法治的，可以做手术，但做完手术你的膝盖情况会更坏。自然规律就是如此，什么人能做到长生不老呢？"我很奇怪，为什么这位年龄不大的外科主任有这么多话来教育病人。

　　为她们的到来我准备了些干鲜果品：芒果、苹果、菠萝、杏脯、开心果与夏威夷果。此外我也把访问奥地利时购买的以莫扎特的金头像为商标的一盒巧克力糖摆了出来。我还准备了意大利黑咖啡和做此种咖啡的特制的小壶。结果一见面就谈起了市场供应，苏萨力以一种饥饿的态度大吃干鲜果品并连吃三块巧克力，连饮三杯浓香的意大利咖啡。一面吃一面喝一面表示希望我给他再抓一些糖果和咖啡包起来他要带给他的妻儿。他上纲上线说："我们失败了，我们的社会主义失败了，我们的苏联共产党也失败了，我们的改革也失败了……"以这样重大的政治评估作为他的贪吃和索取的理论根据。人是多么可怜呀，可能因为口袋里少了几美元，可能因为肚腹里少了几块巧克力或者煮不出够浓度的咖啡——上一个千年的一九八三年那次去苏联，我不能不说，苏联咖啡是世界上最差的咖啡之一，其味道恰如喝完咖啡后洗涮咖啡壶的汤水——而显得狼狈萎靡，硬是直不起腰来。我这里完全无意嘲笑这大名远扬的汉学家，他早在斯大林时代就已经是外交官了，回想我自己在六十年代初期，在赫鲁晓夫嘲笑中国人三个人穿一条裤子和喝大锅清水汤的时候的精神状态，我绝对不敢笑话我本应该以师事之的老学者老官员啊。

还好，喀秋莎没有说太多这方面的话，她一直悲哀地微笑着，茫然地迷惑着。等到老学者、官员终于说得累了，停下来喘气的时候，她强调了自己到中国后的沧桑感。她说，那么多高楼大厦，太不像中国了，她老觉得像是在德意志民主共和国。

"然而，民主德国早在去年十月就并入西德了。"不是我，而是老学者、官员提醒她说。

她轻轻吁了一声，我想起一个说法，吐气如兰。她说："人们告诉我，我们的纺织厂已经停产多年了。"

我忽然找到了一个合适的词儿，我说："我们的纺织厂已经完成了自己的历史任务。"

她灿烂地一笑，说："是的，我们都完成了自己的历史任务啦，历史早就远远地抛下了我们啦。"

我不知道她说的"我们"是指她和别的苏联人例如这位老学者、官员呢，还是也指我。

在她离去的时候我分明再次看到了她的不堪的步态。我觉得悲凉，也觉得淡然，我知道，我会忘记她的，正如她和她的同胞会忘记我们，那整个一个亲苏的一代。

临去的时候她轻声说了一句话："在我出生前后，列宁告诉我的父辈们说，到时候面包会有的，黄油会有的，什么都会有的，但不是当前。后来，在我加入少年先锋队的时候，斯大林告诉我们要勒紧裤带建设社会主义……后来赫鲁晓夫告诉我们到了某某年，苏联会建成共产主义，现在又告诉我们，现在是改革的阵痛期……我们的命运是耐心等待，等了一代再一代。"

我包了两包食品，给她和她的曾经显赫一时的代表团副团长。她坚持不收，副团长说："我的家庭人口更多些，既然她不好意思要，那就都给我吧。"

我太太一激动，把自己刚刚定做的树脂变色养目镜送给了她，那镜框是钛金的，相当华贵。

然后又是吻别，妻竟然与喀秋莎同时大哭了一场。

当然，此次会面，她与她的副团长都没有做记录，没有掏出小本本来。

后来，苏联就解体了。

## 十六

忘了，没有忘，忘了没有忘。我常常想起苏联小说里描写的那个姑娘们用撕扯矢车菊花瓣的方法算命的细节。当一个姑娘陷入情网，她会拿起一朵野菊花，嘴里说："爱我，不爱，爱我，不爱……"同时一瓣瓣地撕花瓣，如果撕到最后一瓣花的时候恰逢念到"爱我"，那么她的心事就能成功，反之就很不幸了。我静下来也会问自己：忘了还是没有忘？对这件事我从来没有触动过，没有说过写过，它常常地埋在自己的记忆里。我相信写作上的暴露狂是江郎才尽的表现。我也从来认为，遗忘与记忆是孪生的姊妹，一个什么鸡毛蒜皮也忘不掉的人其实与一个业已失去了一切记忆的人是一样的可怜。在我过了六十五岁以后，我追求的重点日益从记忆——例如学习就是一种记忆的强化和积累——转向遗忘了。就是说，我日益认定，只有把一切该忘记的东西忘得干干净净，才能进入新的境界，我们的"毛文体"管这叫作"轻装前进"。

离白发靓佬在餐馆里宴请一批俄罗斯倒爷（包括一名倒姐）过去了半年了，这半年我为了这位爷的没有出现而感到怅然。这位爷的存在正如这个餐馆的存在，使我在有所怀恋有所惘然的同时有所烦厌有所注意乃至有所警惕，没有了它餐馆显得缺少了分量，回忆与现实、格瓦斯与红菜汤显得缺少了分量。却原来厌恶也是人生中一种不可或缺的调味品。

终于在新世纪到来之后的一个大刮沙尘暴的日子，我又在餐馆里看到了预留下的三张桌子拼起来的大桌。我马上预感到白发靓佬即将到来。他来了，换了一个女伴，更妖艳却也更苍老，原来我以为种种的花样都是新人类新新人类的事儿，却原来新千年新世纪的到来像一只强有力的搅屎棍的搅拌，连老人类也不安分起来，浮躁起来，盲动起来了。妖艳的半老女人还没有坐稳就喊开了："中档，这里只能算中档，如果我妈妈还活着，她是宁可让我在家里吃烙饼也不让我到档次不够的餐馆来的。"

白发靓佬回答："我记住了，你母亲曾经有一条项链，那个项链的坠子是一枚二百克拉的红宝石。"

"怎么可能是二百克拉？你胡说八道些什么呀！"

"那就是二十克拉或者零点二克拉或者两千克拉还不行？前几十年都假装是出身于苦大仇深的贫农，这不，现在又都冒充最后的贵族了，何其可笑也！"

老家伙装模作样地说。

他们的谈话比另一个桌上的大哥大铃声还影响我的食欲，好在我与这家餐馆已很熟悉，我便端起格瓦斯转移到门边的相对清静一点的一张小桌。

刚刚过去便听到门口一阵骚乱，原来是四个服务员和一个小伙子共同抬进来一个轮椅，坐在轮椅上的是一个胖得成了方形的人，他的身高与体宽似乎相同，他的肩宽与背厚也完全相同。他的脸孔也是方形的，嘴巴、眼睛直到鼻孔都是方的，只有眉毛和鼻梁是矩形的。餐馆服务人员抬椅进门的时候他粗声喘着气，像是抬进了一台柴油发动机。忽然，他喊了一声，抬他的小伙子便示意服务员停下，这个轮椅停在我的桌前了。

"你是小王！"他突然口齿清晰地说。

"你是吕明!"我也认出来了。他一切都变了,我改变的幅度也未必比他小,但是我们都不会错过对方。比形貌更重要的是人的那股子劲。

如此这般,我也被强拉到了那大大的一桌席上。在清晰地认出了我以后,吕明的口齿再也清楚不起来了。他极含混地谈到了他自己。几十年没有联系了,其实我也风闻到他的一些情况:解放后他的日子很特别。以他的资历和聪敏,他本来应该有所作为乃至飞黄腾达的,但是从五十年代以来,他就为了男女"作风问题"而麻烦不断,据说情节与性质非同一般,叫作十分恶劣,屡教不改。于是他老兄一次又一次地受党内处分直到一九五九年因"流氓罪"而被判刑,困难时期说是又平反了,后来调到远郊区一个农场当基层干部。再后来各种运动更加激烈,大家都是自顾不暇,他的情况就不知道了。

已经无法想象这位方方的同志怎样风流成性,风月无边了。

他介绍说，宴会的东道主叫老"丢"，是姓丢还是刁还是杜还是刘以及世上究竟有没有姓丢的，存疑。他恍惚说：这个人可是不简单，由于间谍嫌疑，他坐过两边的监狱，他也见过两边的领导人。他现在做中俄两国的贸易，是个大商人，除了热核武器，你从他这里什么都买得到。如果你真的需要氢弹，估计也还可以商量。吕明补充说："老丢有过几个俄国相好呢。"

我只觉得如坐针毡，但是我毕竟不应该离开多年不见的当年把我引向革命的吕明同志，吕老。他这一辈子也算是备经坎坷。他模模糊糊对我说了一句："我不后悔。"

歌曲音乐表演开始，第一个歌是《喀秋莎》。

"这个歌是我教给你的。"吕明显出了狂喜的神色，突然又极其清晰地对我说。

我连忙点头称是，我说："是你用革命的火炬照亮了我……"这样说了，但是我觉得说得不够好，又不知道究竟应该说什么。

然而他很激动，他含糊不清地大说特说，他的儿子——就是懂得他的一切含糊不清的语言并下令让他的轮椅停留在我的桌前的年轻人——"翻译"说："我老爹说，请大家注意，他为我们党我们国家培养了一位人才。"

于是大家哈哈大笑，举杯干伏特加。过了一个多小时了，酒已经喝得差不多了，吕明忽然大喘起来，他的儿子说："老爹希望俄国小姐再唱唱《喀秋莎》。"

白发靓佬丢老板找来了餐馆经理，说此日是轮椅里坐着的吕老的七十岁生日，他请求俄罗斯小姐多唱几遍《喀秋莎》。经理马上推销价值一百八十元的拿破仑奶油栗子粉蛋糕和提出专庆生日的特别服务，丢先生一律首肯。小姐（我也说"小姐"了，呜呼）于是加唱了一遍《喀秋莎》，她唱完，又由鼓手用男嗓以类似摇滚的处理唱了一遍，小姐轻声伴唱，再以后电子琴手又用半男半女的假嗓唱了一遍，再以后整个乐队四个人又嚎叫着唱了一遍，吕明忽然兴奋了，他竟然也引吭高歌起"歌声好像明媚的春光"来。

这时送来了生日蛋糕，全场灯光骤暗，蜡烛点起，乐队唱起《祝你生日快乐》，一阵"happy birthday to you"的歌声，标志着英语的业已征服世界。

而当灯光重新亮起的时候，吕明的儿子大呼不好，方形的吕明在轮椅里变成了圆饼形，他的口角上流着夹血的涎水，他的头彻底地垂下来，他的脸色青中透白，只有他的嘴角，含着几分笑意。

与此几乎同时，一个神色匆忙的特快专递送信人走进餐馆，把一个加着黑边的大信封交给了俄国姑娘。

……你们都已经猜到，吕明同志是这个晚上故去的。再有，从此这位俄罗斯小姐一去不归，代替她的是一个丰满白净的俄罗斯小姐，她一面唱一面扭腰摆臀，很像一只白天鹅。从此，餐馆的生意大大地火了起来。还有，我不久收到了关于卡杰琳娜·斯密尔诺娃的讣告。随同讣告，寄来了我们近年几次在中俄会面的照片。其中包括一张已经发黄了的照片，那是一九六〇年我们在知春湖船上照的，那次她穿着黄底大黑褐色直道的泳装，她的腿与芭蕾舞演员无异。我的死于四十年前的外祖母曾经指着家里的几件老木器对我说："是件木器就熬得过人。"我发现，是张照片就熬得过人，微微变黄了也罢。

一个疑问：为什么我点唱五次《纺织姑娘》被拒绝，而老丢点了那么多次《喀秋莎》成功，直唱得吕明上路？

## 十七

白发靓佬说要请我吃一次饭，他要与我谈谈"斯密尔诺娃"的事情，他用这个姓氏显得格外尊重。我同意了，但是我坚持这次由我做东。

他也点了头。我们是在一家上海本帮菜馆吃的饭。这次他给我的印象远比过去为好，显然，有些敌意出自假想，我们几十年与假想敌没少进行浴血战斗。

老丢说："我早就看出了是您，我在斯密尔诺娃那里看到过您二位划船的照片。您真好，几十年过去了，您还是一点都没有变。"

我的脑子里嗡的一声。

"斯密尔诺娃对我说，她有您这个中国弟弟。"老丢放低了声音说。

一阵暖流冲得我摇摇晃晃，浑身滚烫。我为之语塞，我说："你，你们……"

"我们……没有别的。"他思量着措辞，我反而脸红了。他继续说："吕明大概告诉了您，我是一个三教九流、摸爬滚打的人。我有不少俄罗斯女朋友，对不起。

132

但是斯密尔诺娃不同，完全不同。我真正喜欢的是斯密尔诺娃，我从来不敢在斯密尔诺娃那儿胡来。她是个真正的苏维埃人。六十年代她表现很不好，从我们的观点来说她很不好，因为她做过许多反华发言。"

老丢说到这里脸竟然涨得通红，他喘着粗气。这一瞬，他给我的印象很有些个不一样。

我点点头。

"然而她从中国回去以后，还是不受信任……"

"为什么？"我急切地问。我狐疑起来，莫非黑粗粉条也给她找了麻烦？

"谁知道？我觉得她太认真，她以为一切都是真的，苏维埃爱国主义，意识形态的纯洁性，反对官僚主义，民主与人道主义，人情味什么的。在苏联，你真的按照《真理报》社论去做的话，你倒霉得更快。您懂吗？"

我不愿意谈话向政治方面发展，我尤其不喜欢"您懂吗"的口气，便一声不吭，无表情地坐在那里。

最重要的是老丢向我讲了她的不幸的爱情。老丢说："据我所知，斯密尔诺娃有一个情人牺牲在卫国战争里，由于他是背后中弹死去的，红军不承认他是烈士，也没有任何抚恤。当然，有抚恤也没有斯密尔诺娃的份，他们没有结婚，从法律上说她什么都不是。她的第二个情人是一个内务部的高官，有妇之夫……"

这使我想起了署名寄粉条的那个人。

"不，涅特，我们不说这些个吧。对不起，您吃点菜，要不要往虾仁上放点陈醋？"

我是为了听斯密尔诺娃的事情才与他一道吃饭的，但是他刚刚开口就被我打断了。不，我不要听真相和细节，我愿意斯密尔诺娃生活在我喜爱的歌声里，生活在"遥远啊遥远，那儿弥漫着浓雾"的那里，那就够了。我们共同怀念她，这就够了。

"她从前可教条了，为了中苏论战，她与我争论了不知道有多少次……"

"那么她的女儿呢？这位唱歌的姑娘是不是她的女儿？您不认识她吗？"我问，我不想听老丢从政治上给斯密尔诺娃同志做的鉴定。

"这始终是一个谜。除了一次路遇，那还是她的女儿十来岁时候，我再没有见到过她的女儿。当然，这位歌手长得很像斯密尔诺娃。"

那天我喝了太多的绍兴黄酒，我不停地建议为了斯密尔诺娃的在天之灵干杯，后来干脆为了俄罗斯干杯。我学着俄国人大叫"ЗА МИРУ！ЗА ДРУЖБУ！"（为了和平，为了友谊！）我醉了两天两夜，老丢究竟还介绍了斯密尔诺娃一些什么，我死活记不起来了。

我后悔，不该与老丢谈论斯密尔诺娃和她的女儿。许多记忆和郁闷是不能共享的，真正的记忆都是隐私，而共享就是杀戮和消灭。

老丢送给我一本苏俄诗人叶甫图申科近作诗集的中

文译本，他说他是受作者委托把书交给我的。诗人在自序中说，多年来苏联像一部车子陷入了泥沼，于是大家拼命推它。诗人承认他自己曾经起劲地推这部车子，然后，这部车子轰然前行了，溅了推车者们一身泥污，然后，车子不见了，推车者们茫然地站立在泥泞前。

从此我更加不愿意见白发靓佬了，为了不再见到他，我停止了去喀秋莎餐厅用餐。

我再次想起了这个问题：什么才是真正的珍重呢？时时记起时时重温，还是小心翼翼地摆在那里，如同永远埋进了坟墓……

我想念真正的文学

可以说我们现在的文学很繁荣。"文革"前十七年，出版长篇小说二百部，平均每年近十二部。

现在，纸质书加网络作品，一年上千部长篇，多数是消费性的，解闷、八卦、爆料，还有刺激、胡诌、暴力、生理之类。

我想念真正的文学，提供高端的精神果实，拷问平庸与自私，发展人类的思维与感受能力，丰富与提升人的情感，回答人生的种种疑难，激起巨大的精神波澜。真正的文学，满足的是灵魂的饥渴。真正的文学，读以前与读以后你的人生方向会有所区别。我相信真正的文学不必迎合，不必为印数而操心，不必为误解而忧虑，不必为侥幸的成功而胡思乱想，更不必炒作与反炒作。

真正的文学有生命力，不怕时间的煎熬，不是与时俱逝，而是与时俱燃，燃烧长久，火焰不息。它经得住考验掂量，经得住反复争论，经得住冷漠对待与评头论足。不怕棍棒的挥舞，不怕起哄的浪涛。

真正的文学充满生活，充满爱情，充满关切，充满忧思与祝福。真正的文学充满着要活得更好更光明更美丽的力量。

不要听信文学式微的谣言，不要相信苛评派谩骂派的诅咒，也不要希冀文学能够撞上大运。作家需要盯着的是大地，是人民，是昭昭天日，是历史传统，是学问与思考，是创造的想象力，是自己的海一样辽阔与深邃的心。

我的处女作《青春万岁》压了二十三年，一九五六年定稿，一九七九年出版第一版，但是它至今仍然在不停地重印，仍然摆在青年人的案头，仍然是阅读对象，而不仅仅是研究者的文学档案。

我的《这边风景》，初次定稿于一九七八年，出版于二〇一三年，尘封了三十五年。作者耄耋了，书稿却比一九七八年时显得更年轻而且新鲜，哪怕能找出它的明显的局限。

　　我的《活动变人形》初版于一九八六年，至今已经出版了二十九年，仍然有新的重印。

　　我有时发问，文学作品是像小笼包子一样新出锅时滋味好？还是像醇酒一样经过一些年的发酵效果好？或者二者都是？

　　文学是一种精神力量，是一种感动，是一种对精神包容空间的开拓，又是一种犀利的解剖与挖掘，还有痛彻骨髓的鞭挞。从文学里可以看出一个人的恻隐之心、羞恶之心、恭敬之心、是非之心。从文学里可以看出一个人的度量、智慧、灵活与庄严。从文学里可以看出一个人的美好或者偏狭，高尚纯洁或者矫情作秀。

　　文学并不能产生文学，是天与地、是人与人、是金木水火土、是爱怨情仇死别生离、是工农兵学商党政军三百六十行产生文学。从中外文学史上看，写作人如果一辈子生活在文学圈子里，或者是把自己封闭起来，就太可怜了，他们容易失眠，容易自恋，容易发狂，容易因空虚而酗酒、吸毒、自杀，还容易互相嫉恨窝里斗。

让我们更多地接地气，接天气（精神的高峰），接人气，也接仙气（浪漫与超越），接纯净的空气吧。

眼界要再宽一点，心胸要再阔一点，知识要再多一点，身心要再强一些。我们绝对不能仅只满足于精神的消费，更要追求精神的营养、积累、提升与强化。